致青春

离歌

03

愿你有梦，愿有长风

May you have a dream

颜亦欢 著

百花洲文艺出版社
BAIHUAZHOU LITERATURE AND ART PRESS

图书在版编目（CIP）数据

愿你有梦，愿有长风 / 颜亦欢著. — 南昌 : 百花洲文艺出版社，2017.6

ISBN 978-7-5500-2227-0

Ⅰ. ①愿… Ⅱ. ①颜… Ⅲ. ①长篇小说—中国—当代 Ⅳ. ①I247.5

中国版本图书馆CIP数据核字(2017)第080414号

出 版 者　百花洲文艺出版社
社　　址　江西省南昌市红谷滩世贸路898号博能中心A座20楼　邮编：330038
电　　话　0791-86895108（发行热线）　0791-86894790（编辑热线）
网　　址　http://www.bhzwy.com
E-mail　bhzwy0791@163.com

书　　名　愿你有梦，愿有长风
作　　者　颜亦欢
出 版 人　姚雪雪
出 品 人　刘运东
责任编辑　王俊琴
特约编辑　雁　痕
封面设计　Insect
封面绘制　乔子子
经　　销　全国新华书店
印　　刷　长沙鸿发印务实业有限公司（长沙黄花工业园三号　邮编410137）
开　　本　880mm×1230mm　1/32
印　　张　8.5
字　　数　202千字
版　　次　2017年6月第1版
印　　次　2017年6月第1次印刷
定　　价　29.80元
书　　号　ISBN 978-7-5500-2227-0

赣版权登字：05-2017-114

目 录
Contents

目录 Contents

/ 序

地图上说，按照倍数放大，我和你所在的城市相距 1800 公里。

这个距离有多远？我不止一次拿笔在地图上画过。

很多年后，我才明白地图上的寥寥几笔有多远。

我想，这是我翻山越岭，也无法拥抱你的距离。

我这里下初雪了，你那儿起风了吗？

护士小姐给我送来早餐时告诉我，精神病院允许探望了。

我笑着告诉她，我今天不出病房。

因为我知道，不会有人来探望。

从前不会有，现在也不会有。

第一章
/ 荆棘 /

01

路的尽头是一片黑暗。

光和影不断交叠，楼宇与街道在尽头处融合。

喘息声、脚步声充斥着耳朵，我拉开玻璃大门，在音乐戛然而止的时候。

纪清寒就站在距离我不到十米的地方，他言笑晏晏、深情款款，身边的女人明眸善睐、风姿绰约。

纪清寒说过，他的婚礼一定会有我，我又怎么能食言？

忽然，有人拉住了我的手，阻止我往前走，我回过头，是花无缺。

“姐，看路！”

出院那天，黄道吉日，宜婚娶。

而我的脑海里再一次浮现出纪清寒大婚的好景致。

我往后退了一步，退到白线后面，红绿灯按照固定的时间点交替更迭，风云变幻，没想到，这一晃就又是三年。

人说，和什么人待在一起的时间长了，就会变成什么样的人。

这不，和一群精神病患者在一起久了，我也活脱脱变成了一个精神病人。

“姐，新学校我爸帮你联系好了，虽然过了三年，但是录取通知书还作数，可以去学校。”

“我让你带的东西带了没？”

他闷着头在包里一通乱找：“户口本……身份证，齐活儿。”

我接过他手上的东西，恰巧绿灯亮起，花无缺追了上来，问：“姐，你真要改？”

“改。”

不改，我要怎样才能告别过去那段死灰般的青春，又怎能将那些人从我的生命里全部驱逐出境，又怎样才能和他在一起即便相隔千里？

办事处的女人让我填一张单子，打趣地问：“你之前的名字还不错，怎么想起来要改？”

我回敬多嘴的她一个温柔的微笑。

“我有精神病，我杀过人。”

她的表情僵在脸上。

我善意地提醒：“你最好快些，我没有耐心。我是说真的。”

女人面如土色。

曾经的我也和这个女人一样，憎恶人们共同憎恶的，欢喜人们共同欢喜的，恐惧人们共同恐惧的。

如果没有那件事。

以往纪清寒总告诉我，人是不能回头的，只能坚持自己的路一直走下去。

你看，这下我是真的无法回头了。

“姐。”花无缺拉我的袖子，低声道，“你别乱说呀。”

我看着他的样子，就像多年之前的我，也是这样的神情、这样的语气，也是这样拉着纪清寒的袖子，说：“你别乱说啊。”

那时的他眯起眼睛道：“乱说？难道你不喜欢我吗？”

女人将材料交给了我，没再吭声。她闷着头，微微斜着眼打量我。

这样的眼神我见得太多了，见得多心胸便也宽广了。

我把材料收进包里，对花无缺道：“你先去饭馆，我去对面银行取个钱。”

他朝我挥挥手：“好呢，姐。”

阔别三年，无人问津。

我自嘲地笑了笑，在大脑里将那几个深入骨髓的名字又念了一遍，等待 ATM 机吐出足额的钞票。

点击查询余额，里面的数字没让我失望。

我将钞票装进牛皮纸信封里，转身提着包走出了银行。

地点是市中心步行街，对面是一家口碑很好的串串香，街上人来车往，西下的落日投洒余晖，将这座城市染得一片通红。

伴随着震耳欲聋的发动机声响，一阵夹杂着刺鼻气味的风袭来，在我还来不及反应的时候，一股巨大的力道从我的身边擦过，提包脱离了我的掌控。

机车发出刺耳的呜呜声响绝尘而去，明晃晃的车灯在青天白日下显得格外滑稽。

“花无缺，报警！”

站在对面串串香店门口的花无缺直接看傻了，听到我的话这才后知后觉地从口袋里掏出手机。

我追着机车一直往前跑。

三年来，在那个鬼地方，我一共试图逃跑了一百一十七次。

跑到最后，身上的赘肉没有了，腿上的小腿肌隐隐浮现出来，每一次把我抓回去的人都说：“你不能跑，你还需要治疗。”

他们说，你有病。

我笑了笑。

行吧，那我就不跑了，那我就是有病吧。

机车的速度逐渐减慢，似乎是故意在等我，最终拐进了一条深巷里。

巷子的隔壁是一所小学，地面一直没有翻新，轮胎碾过石板路面，发出细碎的声响。

机车突然转了过来。

巷口涌进来的风将我的头发吹得乱七八糟，耷拉在脸上，遮住了我大半的视线。

我只看见车停了下来，黑色的马丁靴踩在地上，对方炫耀似的甩了甩我的提包。

他没有动，我也没有动。

我望着提包，在心里盘算着，他倒也不急，仿佛是给足我时间。

这时我才明白，这个人醉翁之意不在酒，他不要我的东西。

我眉头一紧，他似乎是在拖延时间。

我这才反应过来，这是在一条深巷里，现在不是上课时间，这条巷子鲜少人经过。日暮西下，太阳落在大楼的后面，巷子的光线很暗。

他还在甩我的提包，示意我过去。

我缓缓地将手伸进口袋，将随身携带的钢笔笔帽轻轻地扭开。

见我迟迟没有动作，他开着机车直直地冲到了我的面前。

他在我的左手边停了下来，双手将头盔取了下来。

就在他取下头盔的那一瞬间，我从口袋里掏出钢笔，锋利的笔尖朝着他刺过去。

也是在那一瞬间，我的心脏骤然停止了跳动。

他的大掌死死地抓住我的手臂，钢笔“啪”的一声掉在了地上。

他的刘海很长，刚才一直压在头盔下面，很不平整。

我蓦地低下头，拼命地挣扎。

“你不想要回你的东西吗？走，去警察局指认我。”

在他说话的时候，我的眼泪仿佛在下一秒就要如同洪水一般决堤而出。我放弃了挣扎，肩膀微微抖动了一下，在最快的时间内恢复了平静。

我垂首，摇了摇头，压低声音道：“我不要了，你拿走吧。”

说罢，趁他愣怔，我一把从他的桎梏里挣脱开来，蹲下身慌忙捡起地上的钢笔，转过身就要走。

他拉住了我的手腕。

我如触电一般，再也没了逃跑的力气。

我紧紧地握住手中的钢笔。

手腕处是滚烫的温度，手心却是刺骨的寒意。

就像他曾经看我的眼神，清冷寒冽。

清寒。

纪清寒。

他一用力，我不可控制地转过身，被迫与他面对面。

他下了机车，语气不容拒绝："去警察局，说是我抢了你的包。"

杂乱的头发遮住了我的脸，因此等我意识到他的目光往下偏离时，已经太迟了。

他看见了我的钢笔。

准确来说，他看见了自己的钢笔。

于是在下一刻，他撩开了遮挡住我半边脸的头发。

"花藻……"

02

我遇见纪清寒是在十一年前，我十岁。

那年发生了一件震惊C市的事，永生集团周年庆的游轮失火，造成了三死十七伤的重大惨剧，而那一天，是我十岁生日。

"让一让！让一让！"

"还有能做手术的医生吗？快打电话让宋医生和徐医生回医院！"

"起搏器！快把起搏器拿过来！"

"还有一批需要抢救的患者在路上，主任！"

身为大外科主任的爸爸在医院加班，我拎着蛋糕去找他，却被在走廊上奔走呼叫的医护人员撞倒在地，手中的蛋糕飞了出去，摔得面目全非。

然后，爸爸匆匆忙忙地推开办公室的门跑了出来："有几个患者急需做手术？"

大汗淋漓的护士答：“主任，这一批还有两个患者急需手术，其他的可以暂时控制！”

爸爸脱下身上的白大褂，道:“尽快联系其他医生，我跟你去手术室。”

我跌跌撞撞地走在医院里，一路跟着爸爸。不断有人抬着担架进来，耳边满是哭声，我仓皇地四处张望，看着一张张满是鲜血的脸，终于止不住“哇”地大哭起来。

我站在墙边，突然听到人群中一声稚嫩的呐喊。

“医生！求求你救救我妈妈！求你！”

爸爸的衣角被一个男孩抓住，他的脸上满是黑灰，浑身上下湿透了，狼狈万分。

爸爸面露难色，轻声说：“叔叔会尽力的，你放心。”

然后他浑身是血的妈妈被人推走，爸爸火急火燎地带着几个护士进了手术室。

红灯亮起，他靠在墙壁上蹲下了身，将头埋在臂弯里。

很久之后，我依然记得那一天，他穿着一件黑色的T恤，整个人都湿透了，他颤抖着身子，和我一样，害怕得要命。

我蹲下身拍了拍他的肩膀，随后伸出手抱住了他。

“别怕。”我说。

像是在安慰他，又像是在安慰自己。

我们如同两片在浪潮中漂荡的浮藻，在紧要关头拉住对方的手，成为彼此最后的依靠。

我提高声音，又说了一遍：“别怕，有我在。”

许久之后，他抬起头，一双黑曜石般的眸子紧紧地盯着我。

他的眼睛耀眼迷人，胜过世间万千星辰。

我很确信面前的人就是纪清寒，因为他看着我的眼睛十一年了，一点没变。

他的两只手捧着我的脸，像是不可置信，又像是意料之中："你回来了。"

如果说，在母亲和父亲死后，唯一能支撑我度过那漫长的三年地狱般生活的理由，就只有纪清寒了。

可他现在就站在我面前，我却什么也不想说。

我将钢笔塞进了口袋里，低声道："你认错人了。"

我要走，他不让。

"就算你化成了灰烬，我也绝不会认错。"

他锁住我的手腕，不允许我有半点逃离的意思。

我转过身，淡淡地望着他。

他看着我，有些发怔。

我伸出右手，抓住他紧握着我的那只手："就算我化成了灰烬，你也不会认错。那么这三年来，我还安然无恙，你却没能找到我，不是吗？"

我没用力，他却自动放开了手。

我咄咄逼人，他保持缄默。

良久，他道："你瘦了很多，头发也长了。"

他轻描淡写地避开了我的质问。

我在心里自嘲地笑，是啊，我在质问他什么呢？他凭什么来找我，他凭什么对我好，他喜欢的又不是我。

人啊，就是这样，一旦有希望了，就巴结着这最后的希望，贪心地想要更多。

我抢过他手中的提包背在身上，就在我准备离开的时候，巷子口不知什么时候多了许多警察。花无缺就站在警察的中间，他见到我，直直地冲了过来。

“姐！你还好吗？警察来了，没事了，你放心吧。”说着，他的目光偏移，随后彻底愣住了。

我拉住花无缺的手臂，不再作任何逗留。

一群警察如同吃瓜群众一般木讷地看着我跟个没事儿人似的往前走。

身后的纪清寒突然喊了一声：“警察同志，我抢劫了。”

我冷冷地打断他：“没有，警察同志，是个误会。”

纪清寒不知什么时候追了过来，他站在我的面前，问道：“误会是吗？”

“是。”我对警察解释道，“只是个误会。”

他忽地将手伸进我的口袋里。

在我来不及阻止的空隙，他从里面掏出了一支钢笔。

“那么这个呢？”他望着我，不依不饶，“是你偷了我的钢笔，还是我抢了你的提包？”

“清寒哥……”花无缺小声地嘟哝了一句。

吃瓜群众被绕糊涂了，其中一个警察问：“到底怎么回事？”

纪清寒转过头来，等待我的回答。

花无缺低声问我：“姐，怎么回事啊？”

我扫了一眼纪清寒，他神情淡漠，我道：“我跟你去警察局。”

他有话想说，我恍若未闻。

花无缺一路跟着我，小声咕哝：“姐……”

夜幕降临，街道的路灯逐渐亮起，我和花无缺、纪清寒三个人挤在警车的后座，昏暗的车灯晃过去，照在纪清寒的手背上。

他的手就在我的旁边，仿佛下一秒就要碰到。

我扭过头，看向车窗，玻璃上映照出他的脸，清冷寒冽。

我伸出手，覆上冰冷的车窗玻璃。

我想，这会是我最后一次见到纪清寒，也是我最后一次同他作无声告白。

只是我不明白，纪清寒为什么会做出这样的事？后来我才明白，这是他在同纪建国作最后的抗争。

三年前，我没能向他告别，这一次，也是时候好好说句再见了。

一路无言，等我们下了车，前脚刚踏进警察局，后脚就有人冲过来，还没等我们站定就狠狠甩给纪清寒一巴掌。

“你非要气死我才开心是吧！非要把我这张老脸丢光了，你才肯罢休是吧！”

太熟悉的声音，三年的高中生活，每周一的升旗仪式上都会听到他的声音。

纪清寒的父亲，市一中的校长，父亲生前的挚友——纪建国。

后来我才想起来，我和纪清寒之所以纠缠不休，多半是因为纪建国。

纪清寒淡淡瞥了一眼我的位置，继而道：“本来我是打算丢光你的脸，不过现在，我改变主意了。”

他突然拉住了我的手。

纪建国这才注意到了我。

“花藻？”

“警察同志，我和她什么问题都没有，只是误会。”说罢，他拉着我的手就往外走。

花无缺在后头嚷嚷：“喂喂喂，你们什么情况？”

纪清寒的声音冷冷的：“你姐借我用一下。”

不知道走了多久，纪清寒停了下来，他转过身，道：“你知道吗，我们所有人都找你找疯了。”

所有人？我不禁失笑。

“除了九九还会有谁？”我讥讽道，“还是你觉得，少了一个爱慕者，有那么一丁点的难过呢？”

惨白的月光下，他漆黑的眼睛如同深不见底的沼泽，他望着我，目光像极了今晚的月色。

“花藻。”

他的嗓音微微暗哑，我知道，因为那件事，对于我，他还是有些愧疚的。

仅仅只是愧疚而已。

我打断他的下文：“我不是花藻。”

他没吭声。

我扬起头，勾起唇角，轻声道：“我叫沈星芒。”

沈是母姓，星辰的星，光芒的芒。

“再见，纪清寒。”

再见，纪清寒。

再见，我的青春。

再见，我的爱情。

03

抵达帝都的那天，花无缺来车站接我，帮我把所有的东西都搬到了女生宿舍的楼下。

花无缺比我小半岁，本该同届，现在愣是活活比我大了三届。

他笑眯眯地对我说：“姐，你得喊我学长。”

花无缺生得一副好皮囊，脑袋也够聪明，笑起来必然是迷倒万千少女。

室友靠过来问：“外语系的那个系草第二名，是你什么人呀？”

“男朋友。”我淡淡地答。

室友大惊。

“那自然是不可能的。”我将柜子收拾好，关上柜门，转过来对她说，“他是我堂弟。”

“堂弟？他姓花，你姓沈啊。”

我冷冷地望着她，看到她眼神里流露出些许畏惧，这才慢悠悠地开口：“我随母姓。”

宿舍里一共四个人，自从那天我用那样的眼神警告过其中一个之后，她就拉着另外一个渐渐地开始疏远我。唯独宋真，一心想着念书，总能跟我在自习室里搭个伴。

宋真问我：“星芒，你是不是经历过什么事儿？”

我收好桌上的书：“怎么这么说？”

她托着腮想了很久：“你跟我之前认识的一个朋友很像，我想你也一定经历过很多事情。”

我抱着书离开自习室。

“谁没经历过一些事情呢。”

她追上来：“倒也是。中午去哪儿吃饭？”

“我买桶泡面回宿舍。”

“啊？”她囧，“别啊，她们到时候又要说宿舍里有味道了。”

“她们说她们的，我吃我的。”

宋真停了下来，眼巴巴地看着我：“星芒，其实你这样挺那什么的。”

我也停了下来，问：“哪个？”

她笑：“挺讨人喜欢的，认识你真不错。”

不难看出，宋真家境还是很不错的，养尊处优的人，大概是不会明白我的。我想，真正了解我之后的宋真一定会失望。

过几天是迎新晚会，花无缺在学生会里面帮点忙。我在外语学院的门口等他出来，冷不丁撞上了一个人。

那人不可置信地望着我。

“花藻？！”

我佯装没有看见。

她却穷追不舍：“你是花藻吧？三年前在一中的那个？我是方媛媛啊。”

方媛媛，那一届市一中最八婆的女人。

我冷声道：“对不起，我不认识。”

她眼里满是精光，看我不打算搭理她，竟冲着我大声叫道：“你是花藻吧！三年前那件事你不会忘了吧？顺带告诉你哦，当初被你砍的那个人也在这所学校里！”

我的身子彻底僵住。

周遭有不少路过的人，方媛媛的嗓门够大，足以让所有人停下脚步。

不远处投来或疑惑或惊异的目光，我转过身，沉声道："有没有人告诉过你，你很八婆。"

她脸上满是尴尬，却不依不饶："花藻，你别忙着说我，还是好好可怜一下你自己吧。"她哼道，"你出了这么大的事，你那个生死相依的好姐们儿陆九九怎么没去看你呢？"

我的心毫无预兆地抽痛了一秒。

九九。

我想，这是三年之后，除了纪清寒和花无缺，唯一能撼动我的名字了。

我一直认为，这世间所有的事都是注定好的，例如我遇见纪清寒，例如陆九九遇见我。

方媛媛笑得如沐春风："恐怕是人家知道你喜欢上了她的男人，懒得理你了呢。"

她笑着从我身边走了过去。

我死死地抓住了她的手。

"干吗？你还想打我啊？"

我加大手上的力度。

"你信不信我现在就割掉你的舌头，就像三年前那样。"

方媛媛一脸惶恐地望着我，拼命地挣扎："我警告你啊花藻，这里都是人，你要是对我做了什么，你也别想好过！"

我冷笑道："你以为，我还指望这后半生还能好好过吗？"

她扭动着身子，失控地大声呼喊："疯子！你简直就是个神经病！"

"我本来就是神经病。"

她简直想哭，一副被我逼疯了的表情。我兀自在心里嘲笑一句，便听到了花无缺喊我。

他从外语学院里出来，身边还站着几个人。

我抓着方媛媛的手，面无表情地答："来了。"

"花无缺，是花无缺哦！"

"什么鬼，他旁边还有顾荆棘好吗？"

"虽然顾荆棘长得更好，但是我对这种大众情人完全不感冒。"

"我还对花无缺这种中央空调不感冒呢！"

身边的两个女生这就开始掐了起来。

其实我早该知道，我的人生不会就此风平浪静。

遗憾的是，很久之后我才明白，我的劫数不止纪清寒一个。

"姐，怎么了？"花无缺跑过来问我。

我乜斜了方媛媛一眼，随后放开了手。她被我拧得龇牙咧嘴，一个劲儿地直哼哼。

对于方媛媛，花无缺是没什么好感的。之前在一中的时候，方媛媛传过他早恋的绯闻，传进了老师的耳朵里，每每想起她无中生有，花无缺都气得不行。

见到方媛媛，他登时没了好脸色："你想对我姐干什么？"

方媛媛抬起头来，恶狠狠地看着我们两人，愤恨道："花藻，你给我等着！"

我面无表情地盯着她，她估计是被我盯得发毛，赶忙夹着尾巴跑了，还不忘回过头来警告："你做的那些事，很快就会昭告天下的！我要让所有人都知道，你就是个疯子！杀人犯！"

花无缺也怒了，拧着眉头说："方媛媛，你嘴巴放干净点！"

"哈哈，你们姐弟俩真是三年前一中的两颗毒瘤，嘴巴长在我身上，你们能怎么样？况且，我也只是让真相浮出水面而已！”

花无缺还想说话，我伸出手拦住了他。

这三年来我明白了一个道理，浪费口舌的结果就是更深的误解与嘲讽，你永远无法叫醒一个装睡的人。

“姐……”

我朝他微微一笑：“你放心，再没有任何事能将我打倒了。”

这世上最柔软的是人心，人心一旦硬了，就再也不怕任何伤害了。

而后，我偏移了目光，这才意识到，不远处有一束视线正投射在我的身上。

那双眼神孤傲、锋利，仿佛要在我的心口扎下一道口子。

很久之后我才想起来，那是我和顾荆棘的第一次碰面，而我和他的第一次见面，就为我们所有的故事都埋下了伏笔。

也是那时我才明白，我这一生的劫数，哪止纪清寒一个。

04

宋真打了十几通电话，我才猛然惊醒。

“星芒，你在哪里？”

她的声音很急促，我皱了皱眉头，道：“我在图书馆。”

时间是下午一点，图书馆里没几个人，我将桌上的东西收拾好，准备往外走。

宋真呼了口气说：“你在图书馆等我！”

下午是选修课，不限制年级和班级，经常有大四和大一的小情侣借上课的机会窝在教室的最后面情意绵绵。

电影赏析的学分好混，选这门课的人极多。我和宋真穿过人浪，终于占到了一个好位置。

我从包里拿出书，就听见宋真在旁边说:“每一次赏析课都这么多人，很多都是混进来上课的，老师也不管，每次来晚了都找不到好位置。”

“嗯，所以这个故事告诉我们，早起的鸟儿有虫吃。”

宋真干笑了两声，继而道:“你知道为什么这么多人来上赏析课吗?明明教授上得那么无聊，每堂课都是看电影。”

我觉得好笑：“电影赏析不看电影还能看什么？”

宋真乜斜了我一眼，随后目光跟着其他人的目光都被门口的人勾去了。她撞了撞我的手臂，轻声道：“喏，还不是因为他。”

我看向门口，白衬衫，牛仔裤。

这个人有点眼熟。

是在哪里见过，我又记不太清楚了。

我只记得，他给我的第一印象，是凌驾于所有人之上的傲气。

那如同荆棘缠绕的冷漠，像极了纪清寒。

但他和纪清寒又是不一样的。

他比纪清寒骄傲，却没有纪清寒的极端。

就在我思索的空隙，视线毫无预兆地与他隔空碰撞。

我想起来了，那天在外语学院的门口，和花无缺走在一起的人，就是他。

宋真笑了起来：“哈哈，星芒，顾荆棘看你了哦。”

我移开了视线，淡然道：“也许是在看你也说不定。”

“看我也没用，我可是心有所属，绝对忠贞的人。”

我知道宋真的心里是有一个人的，她从来不说，也从来不流露出有关那个人的一切，即便是现在跟我用开玩笑的口吻说出这个事实，眼神也是闪烁的。

不过我对宋真的过去并不好奇，谁没有过去呢？

“这里有人吗？”

我这才反应过来，他是在跟我说话。

我抬头淡淡地瞥了一眼顾荆棘，他也淡淡地望着我，漆黑的眼里是掩藏不住的疏离感，于是我也回应了同等的疏离：“抱歉，有人。”

他的眼睛忽然一沉。

时隔多年，我依旧记得顾荆棘当时的那个眼神，也是很久之后我才明白他眼里的深意。

于是他只好灰溜溜地走开，一直到老师进来，旁边的位置都空着。

我能想象到坐在我身后不远处的顾荆棘想杀死我的眼神。

宋真朝我竖起了大拇指：“高，实在是高，好一招欲擒故纵。”

“给别人一点机会，不是吗？”

宋真收敛了笑容，啧啧两声：“说吧，你是不是心有所属了？连顾荆棘这样的大帅哥都不放在眼里，可以啊你。”

其实我爱过的那个人，并没有那么完美的颜值。

在那段声色张扬的岁月里，他就像是一道黑色的闪电，毫不留情地把我的世界劈开。

即便将来的某一天，我会彻底地忘记纪清寒，也再没人能在我心里同他一较高下。

赏析课上到一半，人群突然开始躁动起来，我和宋真在听课，被周遭的喧哗吸引，不得不回过头去。

我一回头这才发现，所有人的目光都看向这里。

我并没有回应他们的眼神。

“天哪，没想到我们学校居然进来个这样的人！”

“是啊……那不就是杀人犯吗？”

“我的天，我的前面坐着一个精神病杀人犯！”

精神病、杀人犯……同类的词语我听得太多了，都是形容我的。

于是我又回过了头，这一次，我并没有给他们一个好脸色。

有人当场就叫了起来：“靠！那女的瞪我！”

宋真闻声转过头来问我：“怎么了？什么事啊？”

“没事。”我轻声道，“继续上课吧。”

刚才叫嚷的女孩子染着宝蓝色的头发，大抵是觉得我的眼神很嚣张，她拉着旁边男朋友的手指着我说：“那女的刚才瞪我了啊！”

她男朋友估摸是个㞞蛋，看着我，也没敢吭声。

老师敲了敲桌子：“后排的同学怎么回事，安静一点！”

四下里的声音越来越高，仿佛要把房顶都掀开来。

下课铃响的瞬间，我和宋真就被一群人堵住了。

为首的就是刚才那个蓝头发的女生。

我抬眸瞥了一眼，并不打算同他们多说话，转过身就想走。

一旁有人不断地在问：“你是不是沈星芒？”

他们声势浩大，一直堵在门口不让我出去，宋真无辜地望着我，问我怎么回事，我应了一声：“我是。”

“你以前是不是砍过人？”

“难怪我看许朝的胸口有道疤呢，原来是被你砍的啊。”

“那你就是杀人犯咯？”

宋真瞪大眼睛，不可置信地望着我：“星芒，他们在说什么？”

“你还不知道啊，你室友以前砍过人，差点闹出人命来了！”

我知道，不论我去哪里，这个包袱一直会存在，这件事永远不可能沉入水底，只是我没有想到，它竟会曝光得这样迅猛。

有一个名叫 YY 的 ID 在朋友圈发了这样一条状态：好好的 A 大居然混进来这么一个杀人犯，一想到我每天都跟杀人犯在同一间食堂吃饭，在同一个教室上课，就觉得自己的生命安全严重受到威胁！

下面有朋友问杀人犯是谁，回复：沈星芒。

这样的一条朋友圈状态被截图转发到空间和贴吧乃至学校主页的论坛，半个小时以内就被刷爆了。

宋真眼巴巴地看着我，仿佛是在求证。

我抬头，反问："证据呢？"

"这……"

"说我砍过人，差点闹出人命来，证据呢？"

一部手机递到我面前。

当年轰动 C 市的这条新闻，历历在目。

——本市第一中学一 X 姓男生被人刺成重伤，至今仍在抢救，犯罪嫌疑人系第一中学 H 姓女生。

我没有说话。

人群中有人发出议论："不是说嫌疑人是 H 姓吗？她姓沈啊，是 S 吧。"

宝蓝色头发的女孩道："三年还不够改名字的吗？"

一直没有答话的宋真斥责道："改名字？你有证据吗？没有证据凭什么以讹传讹啊，别人说一句她是杀人犯你们就信了，那我说你是杀人犯，随便贴一条新闻，那你就是杀人犯咯？！"

这的确超出了我的预料，我没有想到宋真会帮我说话。

一时间，气氛陷入了僵局。

“那也没人能证明她没有改过名字吧？”

宋真哼了一声，对宝蓝头女孩说：“那也没人能证明你是你爸和你妈亲生的啊。”

“你！”

我一直不屑于打嘴仗，因为输了的人一定会变本加厉、恼羞成怒，就比如现在的宝蓝头女孩。她找了一切办法想要羞辱宋真，急得眼睛都发绿。

如果不是有人及时出现，我想这场闹剧还会持续更长的时间。

“根据《中华人民共和国宪法》第 234 条，犯前款罪，致人重伤的，处三年以上十年以下有期徒刑。三年改名字是绰绰有余，但从牢里跑出来，可能没那么容易吧。”

是顾荆棘。

他右手拿着两本书，腰杆挺得笔直，站在那里就是一道风景。

法学院四年级学生，顾荆棘。

我不知道当时的顾荆棘为什么要帮我，也许是正义感作祟，也许只是随口说了那么一句话炫耀他的法律知识，也许是出于其他任何我不知晓的原因。

在那一刻，我对他有一闪而过的异样感觉。

回去的时候，宋真一直跟在我的后面，头耷拉着，一言不发。

我刚一打开宿舍的大门，就有人从里面朝我身上泼了一盆冷水。

“滚出去！”

“就是！滚出去！不要住在我们宿舍里！”

我眯起眼，没有说话。

面前的两个人往后缩了缩。

我走到床边，将柜子里的书都整理了出来。

宋真赶忙走过来，问我："星芒，你要干什么？"

"搬出去。"我头也没回。

"你为什么要搬出去住啊？你又没有犯错！"

一旁的室友翻了个白眼，不客气地说："你要是舍不得的话，那就跟她一起搬出去住啊。"

"我交了寄宿费，凭什么搬出去住，你们有什么权利让我们走？"宋真气呼呼的，鼓着腮帮子据理力争。

两个女生最初的攻击对象是我，结果连带宋真也一起孤立了。

就在其中一个人的右手即将拍在宋真脸上的时候，我伸出手，狠狠地握住了她的手腕。

"你干什么？"她瞪我。

"你又在干什么？"我反问。

"沈星芒，你不要敬酒不吃吃罚酒。"

不断有冷水从我的头发上往下滴，我用降至冰点的声音说道："我是真的会砍人的哦。"说完，我笑了起来。

两个女生这才作罢，夺门而出去吃晚饭。

她们一定觉得我是一个精神病。

宋真见我默默地收拾东西，也开始收拾起来。

我叹了口气，道："本来不想连累你的。"

"你不用自责，跟你没关系，是那两个人着实让人作呕。"宋真走过来，轻轻地拉住了我的手，"星芒，我相信自己的判断，你不是坏人。"

我觉得好笑："你还是太年轻了。"

她一愣。

我拉着行李箱走到门口，宋真一动不动地站在我身后，我转过身去，说："你还记得吗？花无缺是我的堂弟。"

"记得啊，怎么了？"

"我从前跟父姓。"

她蓦地睁大眼睛。

我原本跟父亲姓，我的父亲是一名优秀的医生，他叫花敬厚。

我原本叫花藻，花是父姓，海藻的藻。

三年前轰动整个 C 市的高中生蓄意伤人事件，嫌疑人系第一中学 H 姓女生，高三文科二班，花藻。

05

我做了一个噩梦。

梦里的我、纪清寒和九九都是三年前的模样。

高考结束的暑假，我没有去找纪清寒，也没有看到陆九九，我们也都还是曾经的模样。

可是当我睁开眼，世界天翻地覆，冰冷又漆黑。

我跑下床，倒了点冷水，一杯水下肚，寒意从喉咙间扩散到身体的每一个细胞。我这才明白，过去的是梦，如今才是我必须去面对的现实。

那是真实的，即便残忍，也是我死灰般的人生。

微弱的灯光从米白色的窗帘里透了进来，我靠在床背上，轻轻地喘着气。

我在学校附近的小区租了一间房子，学校比较偏僻，距离市中心很远，房子的租金也不高。房东是个六十几岁的奶奶，好说话，就住在隔壁，我一口气交了一年的房租，平时也不会多叨扰。

麻雀虽小，五脏俱全，况且对于我来说，这样的房子已经足够居住了。

花无缺抽空来看过一次。临近实习，他忙得很，没有多少空闲的时间，只能时常嘱咐我心情要好些，要按时吃饭，一个人住要注意安全。

我似乎慢慢开始习惯独居了。

手机屏幕泛着白光，我点开，是宋真的微信语音。

“星芒，你在干吗？要不要出来一起吃宵夜？我刚买了件衣服，你看看好不好看。”

我飞快地按下一行字：“不了，我今天有点累。”

国庆假期，我如同死尸一般在床上躺了七天，日夜颠倒。

就在我即将沉沉睡去的前一秒，手机又亮了。我以为是宋真打来的电话，结果却发现是个陌生的手机号码。

我挂断之后，对方又锲而不舍地打来了。

一瞬间，我的脑海里冒出了几个可能的名字，但结果都不是。

“喂，沈星芒吗？”

“哪位？”

“我，顾荆棘。”

我有些惊讶。

“什么事？”

对方所处的环境很嘈杂，一直有聒噪的音乐声和不绝于耳的起哄声，很多人，我下意识地皱了皱眉头。

他似乎已经习惯了我的冷漠，于是他也用不温不火的声音答道：“花无缺喝多了在发酒疯，不肯回去。”

我坐了起来，问：“你们在哪里？”

“1976。”

1976 是学校附近的 KTV，由于附近没有其他的娱乐场所，这家 KTV 便成了学校里大家伙儿聚会的好地方。

入秋的天气夜晚有些寒冷，我裹紧了身上的外套，飞快地往 1976 的方向跑。

路边人来车往，昏暗的灯光从我的身侧闪过，我闭上眼，时间仿佛回到了很久之前的那个夜晚。

我始终记得，那个晚上，我也是这样拼了命地奔跑，奔赴一个不确定的答案。

我告诉自己，那个晚上是我对纪清寒最后一次的垂死挣扎，也是我最后一次奋不顾身地冲向一份薄如蝉翼的爱情，是我和纪清寒分道扬镳最后的不告而别。

我睁开眼，霓虹灯闪烁，1976 的灯牌就在眼前。

有人在门口等我，见到我的时候，他朝我挥了挥手。

这是我第三次见到顾荆棘，他还是一如既往地穿着白色的衬衫和牛仔裤，看上去让人感觉舒服又干净，整个人从里到外散发着一种难以言喻的疏离感，却又在脸上保持着不冷不热的态度。

我不喜欢顾荆棘身上散发出来的气息，从某种程度上来说，他和纪清寒像极了。

在地狱待了三年，再一次出现在这片灯红酒绿里，一股回忆的潮水正逐渐向我涌过来，并慢慢地将我淹没。

没有半点寒暄，我直截了当地问：“他在哪里？”

顾荆棘转过身，道：“在包厢里，跟我来。”

走廊里弥漫着浓重的烟味，有几个学生就靠在走廊里抽烟。等我们走到包厢门口的时候，有人轻轻地拍了拍顾荆棘的肩膀。

灯光很暗，我不知道对方是谁，依稀有些印象，是学生会里的人。

那今天应该是学生会聚会？

“我来晚啦。生日快乐啦。”

“客气，人来就行了。”

他接过对方手中的包装袋，回过头来看我。

我突然觉得两手空空有些尴尬。

原来今天是顾荆棘的生日。

我无可奈何地在心里叹了口气，顾荆棘的生日，花无缺瞎蹦跶什么劲。

“既然来了，就进来坐一会儿吧。”

“不了。”我摇头拒绝，“我带花无缺走就行了。”

“那你先进来吧，他在里面。”

我跟着顾荆棘进了包厢。

包厢里没有半点烟味，我粗略看了一下，有十几个男生，三个女生。有几张比较熟悉的面孔，也有几个素未谋面的。

沙发上没有花无缺，我偏过头，这才发现他正在一旁的点歌台唱歌。

他唱的是《单身情歌》，看起来楚楚可怜。

他看见我，一把跑过来抱住：“姐，你可算是来了！”

他的身上只有淡淡的酒味，并且神志清醒，不像是顾荆棘电话里描述的那样。

我没有询问，花无缺就主动开始负荆请罪：“你看……这边都是男生，没有几个女生，来的女生还都是名草有主的，大家觉得没劲，所以就想找几个女生过来。”

我“嗯”了一声：“所以就骗我过来了？”

“找你你肯定不会来啊，国庆七天你连门都没出，我都怕你把自己闷死了。这样不挺好的嘛，你出来透透气，等会儿我把你送回去。”

花无缺知道我有些不悦，但他又足够了解我，他知道在这种场合我不会一点面子都不给他，最终的结果一定是我留下来，尽管我不情愿。

顾荆棘走过来，解释道：“这主意我也有份，你不要怪他。”

我淡然道：“没有，谢谢你的好意。”

花无缺如释重负地舒了口气，拉着我坐到沙发上，问我喝什么饮料。

“我不喝饮料。”

“我去给你倒点白开水。”顾荆棘站起身，说话的时候还是抵挡不住的疏离。

我坐在沙发上，没有说话。

刺目的灯光让我感觉到眼睛很不舒服，我闭上眼，伸出手揉了揉。

花无缺忙着给大家倒饮料和酒，丝毫没有注意到旁边的人都在小声地议论什么。

“之前闹得很大的那件事，主角就是她吧？”

“听说被室友赶出去了，也不知道住在哪里，也蛮可怜的。”

两个女生叽叽喳喳地你一言我一语。

“这有什么可怜的啊，她要是真干了那种事，还来上学？真应该去死啊。”

“反正我觉得那件事儿挺玄乎的。我听她室友说，花无缺是她堂弟，也就是说她之前可能姓花啊，那不就是 H 姓吗？”

“不知道啊。对了，许朝有没有说什么？”

“这我倒是没有听说。”

我睁开眼，依旧是炫目的灯光。

“姐，你开心点嘛，不要这么闷啊。”

“你知道我是一个很扫兴的人。”

这的确是扫了花无缺的兴致，于是我只好把语气放软，道：“和这些人不是很熟，所以有些拘谨。没关系。”

花无缺听了这话，拉着我就向周围的人介绍。

“这是我堂姐，花……沈星芒。”

大部分人都只是微笑寒暄，其中一个戴着黑框眼镜的男生阴阳怪气地说了一声：“不用介绍，全校都认识呢。”

花无缺拉着我的手一僵。

那人继而道：“不过我还真的蛮好奇的，沈同学，那件事真的是你做的吗？”

“喂喂……”旁边有人提醒他少说两句。

花无缺尴尬地笑了几声，拿着麦克风就唱了起来，试图转移话题。

我没有答话，不过想来，那大抵只是欲盖弥彰。

在地狱般的地方生活了三年，我已经能做到再提到那件事的时候内心毫无波澜。可总会有人热衷于消费别人的痛苦，非要撕开你的伤口看，不一探究竟誓不罢休。

现在的我之所以受到惩罚，大概是因为我曾经也是这样的人。

偌大的包厢里只剩下花无缺一个人唱歌的声音，黑框男摆出一副万分不爽的神情，整个房间的气氛都被搅得一塌糊涂。

恰好顾荆棘从外面回来，他推开包厢的门，手上端着一杯还冒着热气的白开水。

他将水杯递给我："暖暖身子。"

我的确很冷，倒不是身上冷，是面部表情比较冷。

我也没有跟他客气，接过水杯，坐到沙发上。

方才那个黑框男就坐在我旁边不远的位置，我意识到他嫌恶地皱了皱眉头，随后他问："老大，这姑娘跟你什么关系？你好像对她特别关照啊。"

虽然是开玩笑的语气，却让本来气氛就不好的空间温度瞬间降到了冰点。

顾荆棘对我关照吗？如果硬要说关照的话，那大概是和他第二次见面，宝蓝头女孩羞辱我的时候，他面无表情地挺身而出。

还是说今天，我莫名其妙地出现在顾荆棘的生日派对上，两手空空，也不像是祝福的模样。

抑或是他特地给我倒了一杯白开水。

"关照一下，不是很正常吗？"他的脸色淡淡的，回答也毫无倾向性。

我抿了一口白开水，头也没抬。

旁边有好事的男生吹起了口哨，笑了起来："这么说，我们校草还真的对学妹关爱有加啊。莫非……"

其他几个人也跟着瞎起哄。

我下意识地瞥了顾荆棘一眼，没想到他竟也在看我。

他启唇道："莫非后面的内容，似乎也没有什么不可以吧。"

他看着我，眼神深邃明亮，如同暗夜的黑曜石，散发着迷人的光华。

我愣了一下，他发现我愣了，没有拆穿。

恍惚间，我听见门口传来"砰"的声响，是重物掉落在地上发出的声音。

在看向门口的那一瞬间，我那颗早已不知跳动的心脏疯狂地颤抖了起来。那个让我的人生在天堂与地狱间徘徊的名字，猛地闯进我死水一般的生命里。

倘若时间能重来一次，我一定不要来到这里。

我一定不要……再出现在她的面前。

“阿藻……”

我紧紧地握住玻璃杯：“九九。”

就像是回忆的闸门顷刻间炸裂，尘封在脑海里那段我永远不愿再想起的过往，又一次活生生地浮现在我的眼前。

无关爱恨，无关生死。

那是我还没来得及盛放就已死去的青春。

是我、陆九九和纪清寒的青春。

第二章
/ 清寒 /

01

中考结束的暑假，九九发短信给我。

她说："阿藻，我爸爸死了。"

葬礼那天，我独自一人赶到灵堂。九九穿着一身黑色的孝服，跪坐在遗照前，她仰着头，不论怎么呼唤始终是一言不发。

灵堂设在陆叔叔生前租赁的小公寓里，不到三十平方米的地方，一张老旧的木桌上盖着白布，旁边放着两束白花，就再没有其他的了。

没有人来参加葬礼，一个也没有。

我蹲下身，轻轻地搂住了九九。

我竟找不到只言片语来安慰九九。

九九就这样任我抱着，不哭也不闹，仿佛面前躺着的人与她毫无瓜葛。

在这清冷肃杀气氛里，空气也变得格外稀薄，每喘一口气，我都觉得胸口火辣辣的疼。

良久，九九站了起来，由于长时间跪着方才站起来的瞬间差点摔倒，可九九多么骄傲，一定不会让陆叔叔看见这样狼狈的自己。

我陪着九九到了火葬场，她蹲在门口，看一群人抬着陆叔叔的尸体往前走。

“九九……”我开口叫她的名字，“难过就哭出来吧，憋在心里会闷坏的。”

她恍若未闻，拳头攥得很紧。

“九九……”她没哭，我却哭了。她这副样子实在是让人心疼得厉害，她总是这样，永远不低头，永远不示弱，永远不承认自己也会有落败的时刻。

她没看我，一张小脸绷得很紧，没有半点情绪起伏。

然而，就在陆叔叔的尸体即将被推进去的瞬间，她突然挣开我的手，如同离弦的箭一般冲了过去。

“爸……爸！”她拉住火葬场的工作人员，不让他们往里走。

此刻的九九像只伤痕累累的小兽，她抱住叔叔的尸体，压抑了许久的情感终于如同火山崩塌一般彻底地爆发出来。她哭喊着、号啕着、抽噎着、哀求着。

“爸……你睁开眼睛看看我啊，我是九九啊！爸……你怎么忍心，怎么忍心……”

我别过脸去，眼泪唰唰地往下落。

“你怎么忍心留我一个人……你怎么可以……”她死死地抱住陆叔叔僵硬的身体，苍白的小脸上满是泪水。“别抬我爸爸走……不要……”

她明明哭得那么厉害，却偏偏不让人看见。

九九被两个人拖了出来，她蹲在殡仪馆门口，抬起头，不让自己的眼泪掉下来。

末了，陆叔叔的骨灰被人送了出来。她抱着骨灰盒的手被自己捏得发白，蓦地，她拉住我就往一辆出租车里钻。

她说："花藻你看着，坏人一定会遭报应的！"

她一路捧着骨灰盒，带我直闯婚礼现场。

台上的主持人还没来得及说完话，九九就冲了上去，一把抢过麦克风用力地摔在了地上。

瞬间刺耳的声响透过音响数十倍地放大，我下意识地捂住耳朵，只见站在身前的九九一把扯下了她妈妈的白色头纱，又拿来白布盖在了她妈妈的头上。她指着自己手上的骨灰盒，大声喊道："你知道这里面是什么吗？"

"陆九九！"她妈妈满肚子火，无奈在场宾客众多，她也不好明目张胆地发怒。

"不知道是吧？"九九讥讽地笑起来，一边笑一边掉眼泪，"我告诉你，这里面是我爸！是你说好要携手与之共度一生的男人的骨灰！这是你一辈子也偿还不了的债！"

四下哗然，不少人开始对着台上的母女指指点点。

九九从来不害怕这些，她那么骄傲，从来不理会别人的目光。

她还想说话，冷不丁被她妈妈甩了一耳光。

她妈妈指着门大声吼："滚！你给我滚！"

"我这就滚，不会阻止你结婚的。"九九看了我一眼，她知道我害怕，于是走过来抓住我的手，我这才发现她的手……冰凉冰凉的。

九九在害怕，她比我更害怕！

可她明明那样害怕，却要装出一副天不怕地不怕的模样，容不得别人来嘲笑。

她转过身，对台上站着的一对新人诅咒说："我只是告诉你，妈，这世界因果轮回，迟早会有报应。午夜梦回间，我爸也一定会来'祝福'你的。"说罢，她拉着我的手头也不回地往前走。

她的步子孤傲决绝，没有半点迟疑和窘迫。

可她刚走出门，就"砰"的一声跪坐在地上，手中的骨灰盒差点跌落，她扑过去接住，死死地护在怀里。

"爸……对不起，是我没用……是我……"她哽咽着，泣不成声。

那一天，我和九九在酒店门口的树下相拥而泣，她抓住我的胳膊说："阿藻，我只有你了。"

那一天，我下定决心，不论以后发生什么都要用尽全力保护面前的女孩。

也是在那一天，九九遇见了改变了她一生的人，纪清寒。

印象中，九九绝望的神情在我脑海中挥之不去，所以连带纪清寒，我也一同记住了。我还记得他穿着黑色的套装从酒店里走出来，看见我和九九，他停了下来。

"这真是我参加过的最有趣的婚礼，送点见面礼，别哭了。"他从口袋里掏出了两支烟。他说话的时候唇齿间有淡淡的烟草味。

记忆中的某个点仿佛被戳痛，我呆呆地望着纪清寒。

九九接了烟，我却迟迟没有动作。

他保持着动作略微有些不悦，我站起身说了句"不用"，拉着九九往前走。

等我回过神来的时候，九九用不知从哪里弄来的火点了烟。

那是九九第一次抽烟，像个偷穿妈妈高跟鞋的小孩似的狼狈。我想抢过她指间的烟却被她拦住了，忍不住跺脚："喂！你怎么连陌生人的烟都抽？！"

烟雾缭绕间，我感觉到九九的目光微微一沉。

她用喑哑的声音对我说："花藻，就一次。"

我一直后悔，在九九对我说就一次的时候没有制止她，不论是之前还是后来。其实我早该知道人都一样，有了第一次便会有第二次乃至以后无数的最后一次。

把婚礼搅得一塌糊涂，还弄得满身烟味，九九的妈妈为此和她大吵了一架。十六岁的九九叛逆得不像话，把她妈妈好不容易托人找关系才搞到的县中名额弃如敝屣，大闹着要和我一起上市一中，由于她的中考成绩距离分数线还有点距离，九九妈妈不得不又掏了好几万块钱。

九九和纪清寒的故事是从高二的暑假开始的。

全世界的人都知道，纪清寒喜欢九九，可唯独我自己知道，我喜欢纪清寒。

02

高二下学期的暑假，我顶着小高考四门全 A 的成绩和九九搭伴去国外旅游。在旧金山人头攒动的商场里，我们走散了。

我抓住人就询问是否看见一个中国女孩，好在外国友人比较热心，也都纷纷帮忙寻找。

那一天，旧金山联邦广场发生枪击华人事件，三人重伤身亡。

在漫天都是枪声回荡的广场上，人们奔跑着呼救，我就像是一株飘摇的海藻在狂风暴雨里无处躲藏。

时间仿佛回到了我十岁生日那一天，医院里满是哭喊声、哀求声，又是那样绝望的气息。

所以我想，我对纪清寒念念不忘，最主要的原因大抵是那一天，就在枪支即将指向我的那一瞬间，有人从旁边拉住了我的手。

一如那日，在拥挤的人潮中，我伸出手拥抱住纪清寒那般，他伸出手抱住了我。

这是我同纪清寒的第三次见面。

第一次，我十岁。

第二次，我十五岁。

第三次，我十七岁。

他就这么轻描淡写地在我面前晃了三次，从此贯穿了我的整个一生。

在购物广场狭小的卫生间里，他的身子紧紧地贴住我，如同全世界最坚固的城墙。

事故发生两个小时后，我在警察局找到了九九。她一个人站在角落里，点燃了一支烟。那是九九第二次抽烟，从此之后，她便疯狂迷恋上了那样的味道。

我穿过缭绕的烟雾，拿过她手中的烟，责备道："你这么又开始抽烟了？"

她扫了我一眼，笑了起来："好玩嘛，我刚才看上去是不是像一个深沉的文艺女青年。"

我揶揄她："东施效颦。"

九九昂起头，走过来钩住我的脖子，骂了一口脏话："妈的，大难不死，必有后福。"

我点点头道："从今往后，荣华富贵，纸醉金迷。"

她甩了甩她暑假刚烫的鬈发，斜眼瞧我："你就那点出息。"说罢，她的目光转向了纪清寒。

她挑了挑眉："哟，是你。"

纪清寒"嗯"了声，漆黑的眸子一沉："是我。"

"潜伏了两年，找个机会来英雄救美的？"

他轻笑了一声："救一次怎么够？"

高三开学日，高三文科一班转来了一个从美国留学回来的男同学。

他站在讲台上，眼神清冷寒冽。

很难形容纪清寒是一个怎么样的人，即便是很多年后的我都没有彻底明白他骨子里究竟是什么样的人。

他偶尔会说轻佻的话，但他的眼神始终是冷的，似乎这个世界没有什么能融化他心底的寒冰。他又是一个极其固执的人，甚至在某些方面已然到了偏执的程度。

他做的最固执的事，就是喜欢九九。

但九九同样也是一个固执的人，她就是不喜欢纪清寒。

高三学生整天埋在题海里，课间唯一的谈资便是纪清寒和陆九九的事迹。学校里禁止早恋，可纪清寒对陆九九的好却是明目张胆的，他上午送早饭，下午送她回去，每每这个时候，九九就会拉着我飞快地跑。

我对九九说："纪清寒对你真的很好。"

她骄傲地笑了起来："全世界想对我好的人多了去了。"

此话不假。九九从小就是美人坯子，外加她生性开朗，即便骄傲透顶，却也不乏追求者。而我就不一样了，身材肥胖，不修边幅，脸上都是青春痘，整天只知道埋头做题，自然是没有人来追我的。

我和九九站在一起，正值青春期的男生会说：“你看花藻那𠂇样。”

我是很㞞，我做任何事都小心翼翼，没有九九那样的行事作风，犹豫不决，生怕得罪了别人，也害怕别人在背后议论我，我就是这样一个胆小鬼。

而我做的最㞞的事，就是喜欢纪清寒。

这份卑微又可笑的暗恋，在我心里埋了太多年，埋到最后，被人挖了出来。

高考的前一个月，文科二班的数学老师休产假，二班的人全部都跑到一班来上数学课，本来就挤的教室瞬间变得密不透风，倒给了后排的学生做小动作传字条的黄金机会。

我在桌角艰难地做笔记，后排突然传来一阵哄闹，随后一个纸团从最后一排飞了出来，呈现出一个漂亮的抛物线，最后砸在了第二排正中央的人的后脑勺上。

趴在桌上睡觉的纪清寒被砸中，他缓缓地直起身，也是在那一瞬间，所有人都噤声了。

他弯腰捡起了地上的字条，打开一看，紧抿的双唇微微动了下。

“糟了，纪清寒生气了！”

不知是谁嘀咕了一句，等纪清寒回过头的时候，始作俑者联盟齐刷刷地指向了一脸茫然的我。

恰好数学老师的电话响了，他跑出去接电话的空隙，后排的高个儿女孩喊了一句：“喂，你们知道吗？二班的花藻喜欢咱班的纪清寒！”

我腾地站起来，脸涨得通红，目光下意识地转向九九的位置：“胡……

胡说！你们胡说什么？”

老师刚接完电话准备回教室，下课铃就响了，一时间，教室后排乱成了一锅粥。

二班和一班所有好事的人都聚在了一起，有人拿着一个笔记本就开始在教室里扔来扔去。

那是我之前在图书馆落下的笔记本。

后来我才知道，笔记本被一班的方媛媛捡了去，于是本子里写满纪清寒名字的最后一页纸被拍下来大肆宣扬。

“花藻喜欢纪清寒，花藻喜欢纪清寒！”

头顶传来奇怪的声响，不知是谁在混乱中把硬面抄丢到了半空中，重重地撞到了年久失修的风扇，伴随着惊慌失措的叫声，硕大的风扇摇摇晃晃地脱离了生锈的铁杆，直直地从上面砸了下来。

“啊！”

所有人呈鸟兽状散开，我却像是双腿被灌了铅似的，愣愣地站在课桌之间窄窄的细缝里，眼看着吊扇就要掉下来。

九九大喊：“阿藻……”

“轰”的一声，风扇掉在了大理石地面上。

刚才还吵吵闹闹到处乱扔笔记本的同学瞬间就噤声了，一个个都被吓傻了。我躺在地上，看见最后拿着硬面抄扔出去的大力士男生脸都青了，有不少女生捂住嘴，吓得哭了出来。

就在所有人都静默的这段时间里，有一道血流顺着地板的裂缝流了出来。

“血……血！”

“完了，完了……出人命了！”

"快！快去叫老师！"

"快把风扇移开！"

我只觉身体都不是自己的，疼痛或是流血一丁点也感觉不到。

仿佛是有一双臂膀将我护住，那短暂的温暖让我几乎睁不开眼睛。

没有人知道纪清寒是在什么时候赶过来的。

"老师来了！"

我猛地睁大眼睛，一股潮湿的液体正顺着我的额角往下流，但那不是我的血。

"纪清寒……"我伸手想要把他扶起来，可他却率先一步，站起了身。

他甩开我的手，目光清冷得像是寒冬的月光，不掺杂半点温度。

纪清寒站在咋咋呼呼的人群面前，低声地发号施令："让开。"

同学自觉地给他让出了过道，他前脚刚准备走，后脚就被我拉住了。

吓得半死的班主任拿出手机就要打 120，三十多岁的女人眼眶都红了，按住纪清寒的手臂说："快跟我去医院。"

他依旧是用冷得刺骨的声音回应道："不需要。"

甩开班主任的那一刻，他的眉头微微跳动了一下。

"纪清寒！"我冲过去，不死心地抓住了他的手，"去医院！"

他毫不客气地抽回手，转过脸来，漆黑的眼紧紧地盯着我，语气里除了厌恶，倒还掺杂了些戏谑的意味。

"你就这么喜欢管别人的闲事？"

我很认真地辩驳："这怎么能算是别人的闲事？！"

他凑近了点，鲜血从额角往下滴，落在了我的手上。

我的手微微一颤。

他道："这么说来，我不是别人？"

纪清寒讥讽地笑了一声，按住我的后脑勺，弯下腰，在距离我鼻尖不到十厘米的地方停了下来。他说话的时候唇齿间吹来的带有淡淡香气的微风扫过我的唇畔，痒痒的，又不敢挠。

心里头像是有一万只小虫子在爬，每一只都焦头烂额，找不到出路。

“还是……”他问，“真的就像他们说的，你喜欢我？”

03

那时的我一直坚信，只要我不说，就没有人会知道我的秘密。即便是九九，也不会知道。可我突然发现，我错了，纪清寒早就洞悉了我的心思，他知道我对他所有的感情，他才能仗着我对他的喜欢，一次又一次地对九九好，让我难过。

多年前的那场相遇，只有我一个人记得，又有什么意义呢？

纪清寒被送去医院并非自愿，他被我推了一把，直接昏倒在地。救护车“嘀嘟嘀嘟”响个不停，我蹲在地上，情不自禁地捂住双眼，大哭出声来。

九九安慰我：“阿藻，那不是你的错。”

我和九九的第一次争吵，是因为纪清寒。

我颤抖着肩膀，不可置信地冲她喊：“九九，为什么你能这样狠心呢？纪清寒如果出事了……”

她定定地望着我，低声道：“他不会出事的。”

我站起身来，无法控制内心的怒火，吼道：“我亲眼看见风扇砸在了他的身上！他怎么可能没事？！他全身上下都是血，你怎么能这样不在意呢？！”

九九昂起头，声音提高了不少："我该怎么样去在意他才对呢？"

"九九，他喜欢你啊！他现在需要你啊！"

"妈的！"九九啐了一口，她从口袋里掏出一支烟点燃，"我告诉你吧阿藻，纪清寒他根本就不喜欢我。"

我僵住了。

她又重复了一遍："他纪清寒不喜欢我！"

我无法赞同她的观点："九九，你太自私了。你不能这样说。"

"那我他妈的该怎么说？你以为他给我送早饭就是喜欢我了？他怎么怎么样就是对我好了？花藻，你能不能不这么天真！"

我望向九九，神色黯然。

如果说，我这份卑微的不想被人知道的暗恋如同一根针始终扎在我心底最深的位置，纪清寒每每对九九好一次，我的心就痛一次，那么现在九九说出口的话，就是将那根针狠狠地拔了出来，又狠狠地扎了进去。

我握紧拳头，一言不发。

她怎么可以对纪清寒的感情置之不理？怎么可以轻飘飘地就拉开她和纪清寒之间的距离？怎么可以拿着我梦寐以求的东西丢在地上狠狠踩碎呢？

她怎么可以……

我冷冷地笑了一声，道："陆九九，我为什么会有你这样的朋友？"

她夹紧烟，睁大了眼睛。

"陆九九，为什么你是我唯一的朋友呢？"

"你什么意思？"

"为什么你是这样的人？"

她狠狠地吸了口烟，随后将还没有熄灭的烟蒂紧紧地攥在手心里。

她伸出手指着我的鼻子，低吼道："你说，我是哪样的人？"

"你知道吗，九九。"我的鼻子一酸，眼泪又哗啦哗啦地往下流，"我嫉妒你。"

她松开手，烟蒂掉落在地上，熄灭了。

她走近我，声音嘶哑："你喜欢纪清寒？"

我没有吭声。

九九按住我的肩膀："你是不是喜欢纪清寒？"

"是！"我挣脱开，捂住耳朵，"是又怎么样！就跟狗血偶像剧写的一样，有什么意义呢？"

"你为什么不告诉我？"

"告诉你？"我笑了起来，眼泪大颗大颗地往下落，"九九，我以为全世界我就你这么一个朋友。可其实，你根本一点都不了解我。"

我和九九那一天散得非常难看。

我像是疯子一样，一路走，一路哭，哭到最后，传来了我爸抑郁症自杀的消息。

人生就是这样，你以为你很惨，然而上帝告诉你，你还不够惨。

我念念不忘的人喜欢的是我最好的闺蜜，这不够惨；母亲在我三岁的时候去世，这不够惨。非要全世界最爱我的那个人也消失，这悲痛的命运才肯放过我。

见我父亲的最后一眼，是在医院里，雪白的床单罩在他脸上。

我在城市的车水马龙间狂奔不止，得到的却是抢救无效的消息。

我蹲下身，靠在医院的长廊里，号啕大哭。

那时候的我，像极了很久很久之前的纪清寒，无助又绝望。

“我们，”有人在转角处说话，“究竟要怎么样，才能挣脱这样的命运？”

我仰起头，悲从中来：“到死，我们都无法挣脱这样的命运。”

他没有说话。

我继而又问：“纪清寒，怎么样才能死个痛快？”

巨大的阴影笼罩在我的眼前，我看见纪清寒右手缠着绷带，居高临下地望着我。他的眼神一如既往地清冷，却仿佛掺杂了一丝怜悯。

他说：“死都不怕，你还怕活着吗？”

我突然笑了起来。

“如果我死了，你会想念我吗？”

他定定地凝视着我。

“不会。”他张开嘴，每个字都冰冷无比。

早就知道他的答案，可心口还是毫无预兆地抽痛了一次。

他转过身往前走，眼前的阴影逐渐消失，他站在转角处，停了下来。

“所以，”他顿了顿，声音很低，“你不要死。”

我的咽喉处像是有一团火，烧得我无法说出一个字。

“花藻，好好活着。”

所以，不论过了多久，只要想起纪清寒对我说的这句话，多大的起落最终都能归于平静。

可是纪清寒，即便我身处地狱三年，与世隔绝，我依然坚强地活着，在夹缝中向上攀爬，你呢？你在干什么？你又凭什么自甘堕落呢？

04

哄闹的包厢在一瞬间彻底安静了下来。

麦克风掉落在地上发出震耳欲聋的声音，花无缺愣愣地望着门口的人。

黑框男吐槽道："喂，花无缺，把麦克风捡起来啊。"

花无缺恍若未闻，他盯着九九，语气极差："你怎么在这儿？"

顾荆棘几不可闻地"哦"了一声，他转过头来问花无缺："你们认识？"

花无缺下意识地看了我一眼，发现我依旧是那张毫无表情的脸之后，他回避了顾荆棘的问题，而是对我说："姐，我先送你回去吧。"

我看向顾荆棘，他脸上的表情很淡，让人看不出什么端倪来。

九九站在门口，又叫了一声："阿藻？"

花无缺走到我旁边，低声问了句："姐，你还好吗？"

我不好，一点都不好。可我再不好，也不会再说出口。

毕竟不是手足情深，毕竟不是生死之交，你千万别指望别人怎么安慰你，怎么跟你感同身受。

黑框男恍然道："你不是叫沈星芒吗？看来你真的改过名字。"

旁边有个女生豁然开朗："花无缺是她弟弟啊，她应该之前也姓花啊，那不就是 H 姓嘛！"

顾荆棘轻轻地咳嗽了一声，旁边喋喋不休的几个人这才乖乖地闭上了嘴巴。

顾荆棘站起身走到门口，介绍道："这是我妹妹。"

九九还在看我，我站起来，从她的身侧擦过："我去一趟洗手间。"

身后还有窸窸窣窣的议论声，我仰着头，走得无比潇洒。

花无缺跟了出来："姐，姐你怎么样？"

我走得很快，昏暗的灯光在头顶上，我走到洗手间门口的洗手池旁边，花无缺按住我的肩膀，说："姐，我错了，我真不该拉你过来的。"

“没事。”我深吸了口气，看着镜子中面色苍白的脸，笑道，“都过去了。”

“姐！”花无缺急得要跳脚，“要不是她怎么会发生那件事？你不能再跟她有任何牵扯！”

我淡淡地别开脸，道：“你先回包厢吧，我出去透会儿气。”

我曾用最大的恶意揣度过这个世界，也曾以最大的善意宽容过这个世界，可这世界留给我的，只有黑暗与绝望。

失去亲情的，也许会在爱情上有所收获；失去爱情的，也许会在事业上有所成就；没有事业的，至少有朋友和知己。而我，什么都没有。

上帝在关闭一扇门的时候，一定会为你再关上一扇窗。

从此之后，窗外的风景，都与你无关。

“喂，那小子什么来头啊？”

“不知道，听说是从 C 市过来的。家里好像蛮有说法的，其他的不知道。”

“太嚣张了，看他说话的样子真是不爽。”

“算了，他是老大带过来的人，闭嘴吧。”

在 KTV 门口的拐角处，有两处微亮的光线，两个学生模样的男生正靠着墙抽烟。

里面有人走了出来，走到两人的身边说：“走吧，老三喝多了，拿着酒瓶在厕所闹呢，老大让你们两个人把他送回去。”

两个人中有个人不满地“喊”了一声，道：“怎么不让那个新来的送啊？”

“行了，你别说了。”

三个人走了进去，我尾随其后。

不论怎么说，我和顾荆棘没有任何冲突，他也算是帮过我一次，就这样走不礼貌。我缓步往包厢门口的方向走，在经过洗手间门口的时候，突然从男厕所的门里飞出来一只破碎的玻璃瓶身，它不偏不倚正砸到了我的肩膀。

里面传来一阵吵嚷声，有人骂道：“你有什么意见？！想打架？！”

没有人回应，那个连舌头都捋不直的人又吼了起来：“拽屁拽！说话能死？！”

右手肩膀处突然传来一阵剧痛，仿佛血管都要炸裂开来，我伸出手，感受到掌心是黏稠的液体。

“行了老三，咱们回去吧！”

可以判断出在里面大声说话的人就是方才那几个人口中的老三。

刚才在外面那个穿牛仔外套的男生探出头来，发现了我。

“老三，你砸到人了！”

“你现在跟他说话有什么用，他都醉成这副德行了！”

我往包厢的方向走，花无缺在包厢门口等我，男厕所里的人在牛仔男生的搀扶下歪歪扭扭地跑出来。牛仔男生拉着醉酒的男生跑过来，道：“实在不好意思，他喝多了，你没事吧？”

我摇头：“没事。”

本以为这件事就算这么结了，后来事情的发展任谁都没有料想到。

喝得酩酊大醉的男生态度极其恶劣，说了句“道你妈的歉，干他”，把花无缺惹毛了。两人血气方刚，直接打了起来。

包厢里的人闻声赶了出来，顾荆棘出来劝架，横在两个人中间，白白挨了一拳头。

那一天散得非常难看，我带着花无缺上了医院。

医生给他包扎伤口，他疼得龇牙咧嘴。

我用力拍了他一下："你怎么也学着打架了？"

他疼得嗷嗷直叫："轻点！你怎么没轻没重的啊姐？！"

"刚才没见你怕疼。"

"姐，三年前我就跟自己说过，以后不管怎么样，这辈子不让你受任何委屈。"

他说得满不在乎，我却差点红了眼睛。

我在心里笑了笑，是啊，他是我的至亲之人啊。

愿意为我挡下所有苦难的，除了至亲之人，再没有其他人了。

别人再深爱又有什么用，他不是至亲，注定无法同心。

我下意识地将手塞进口袋里，而后一股巨大的恐惧感瞬间将我淹没。

钢笔……我的钢笔！

一定是刚才在 KTV 的时候……

"姐，你去哪儿？"

我拿起椅背上的外套，走到门口吩咐道："我出去一趟，很快就过来，你别乱跑。"

明明是十分钟的路程，我却只跑了不到五分钟。从 KTV 门口到之前走过的每一个地方，我都地毯式地搜索了一下，结果让我大失所望。

即便是三年地狱般的生活，我也从未失去过生存的信念，是因为我总能想到纪清寒对我说的，你别死。

所以我一直守着这个念想，每每在绝望的时候，我攥紧手中那支写着纪清寒名字的钢笔，总不至于会丧失最后一丝一缕的希望。

我想，那段午夜梦回到死都不会忘记的岁月，是纪清寒陪我走过去的。

那是他留给我的最后一样东西，也是唯一一样东西。

就像是身体里所有的血液瞬间被抽空一般，我靠在 KTV 外面的墙壁上，对着苍茫的月色，用尽全力呼出了一口气。

白色的雾气在霓虹闪耀的尽头显得格外刺目，我蹲下身，一股巨大的无助感如潮水般瞬间将我卷入无边无尽的黑暗。

我将自己蜷缩在臂弯里，自嘲地笑了起来。

“我该怎么样才能忘记你？就算你离开，就算失去了我和你之间唯一有联系的东西，我也依旧忘不掉你。纪清寒，你说我有多可笑。”

你说我有多可笑？别人都说我是疯子，都说我是精神病，甚至连我自己都快苟同这样的观点，唯独在我成为一个彻头彻尾的疯子之前，我还是不愿意抹去你的影子。

纪清寒，你说，我该有多可笑啊。

没有了，再不会有那支钢笔，再不会有你的消息。

“忘不了，就不要忘。”

声音来自墙角的另一边。

此刻，我和声音的主人之间保持着九十度的直角，我仰起头，仿佛有一道刺卡在我的喉咙里，疼得我一个字也说不出来。

我知道那是谁，我知道。

可我不能说。

突然，我被他从地上轻柔地拉了起来，迎着月光，我望见一个闪闪发亮的金色圆环。

他将项链系在我的颈脖上，冰冷的触感让我瞬间清醒。

我往后退了一步，抵在墙上，俯下身，我看见了胸前的挂坠。

那是钢笔笔帽处的一个金色环状物，加了链子，成了一条项链。

我问：“你为什么会在这里？”话刚出口，我就后悔了。

陆九九在这里啊，他当然会在这里。

真是明知故问。

“因为我知道，有人需要我。”

我“嗯”了一声，点了点头，转过身不让他看见我脸上的表情：“是啊，有人需要你。”

我迈开步子往前走，他却突然拉住了我的手。

在来不及反应的空隙，我被扯进一个不算温柔但绝对温暖的怀抱里。

他将额头抵在我的头顶，轻叹了句：“我知道，你需要我。”

05

我需要纪清寒。

在那三年里每一个难以入睡的夜晚，我都需要他。

但不是现在。

我明白纪清寒出现在这里大抵是因为九九或是其他不可告人的原因，同时我也很明白，那个原因不可能是我。可是他又说一些让我误会的话，在我寒冷的时候给我一个温柔的怀抱，他在引诱我继续堕落，沉入更深的黑暗。

更可怕的是，即便我明白纪清寒的出现不是为了帮助我，我还是乞求上帝这个拥抱可以持续得更久一点。

更久一些，久到宇宙洪荒都破灭。

把我送到公寓楼下的时候，他转过身要走。

我朝着他的背影问："要不要进来坐坐？"

他没拒绝："好。"

几十平方米的小公寓，我却仿佛找不到容身的地方，和纪清寒在一起的每一个瞬间都让我觉得煎熬。

许久不见，他的脸变得更瘦削了。打开客厅的灯我才发现，他的额头处有一道浅浅的疤痕。时间不长，是新伤。

"想喝什么？"我打开冰箱。

他靠在沙发上，懒懒地答了句："除了矿泉水，你的冰箱里不会再有其他东西了。"

他知道，这么多年来我从未变更过的习惯。

我从冰箱里拿了一瓶矿泉水递给他。

"你一个人住？"

"嗯。"

他没有问我为什么搬出了宿舍，纪清寒向来不是反应迟钝的人。

之后是良久的沉默。

他喝了一口冰镇的矿泉水，微微蹙了蹙眉头。

"矿泉水还是不要冰镇了。"

时隔多年，他说话依旧是这般模样，带着些倨傲的口气，清冷得不像话。

"好。"

之后，又是很长时间的沉默。

就当我觉得我们之间不会再有任何话题的时候，他站起身，走到我的面前。

今天的纪清寒穿着一身黑色的皮夹克，他俯下身，道：“明天中午你有时间吗？”

“没有。”我回得很快，丝毫没有经过大脑。

“中午我在你们学校食堂门口等你。”

“纪清寒……”

他拉开防盗门，语气坚决不容拒绝：“我等你。”

“……”

“走了，记得锁门。”

然后是门关上的声音。

以前花无缺总问我，姐你到底有多喜欢纪清寒啊？

我躺在床上，闭上眼，漆黑的视野里浮现出一张又一张的脸：有死去的爸爸、有惊慌失措的九九、有喜欢笑的宋真、有满脸傲气的顾荆棘，最后画面定格在纪清寒的脸上。

是啊，我有多喜欢纪清寒呢？

喜欢到去砍人，喜欢到住三年的精神病院，喜欢到即便知道是犯贱，隔天我还是早早地到了食堂，赴一场约。

国庆之后，花无缺算是全力备战研究生考试了，整天泡在图书馆里，中午就带个面包，座位都不离开一下，自然没时间来找我吃饭了。

我在食堂门口等了会儿，没等来纪清寒，倒是等来了宋真。

她站在食堂角落的位置，旁边坐着我曾经的两个室友，她很恼怒地在说话，并没有注意到我的存在。

我从侧门进了食堂，便听见之前的两个室友阴阳怪气的笑声。

“你自己的饭卡丢了，找不到还怪我们啊？”

“就是啊，你丢了就是我们拿的吗？宋真，你可不要血口喷人。”

宋真气得脸涨得通红：“国庆节前我忘在宿舍里没有拿回家，我今天去办挂失的时候里面的几千块钱都被刷爆了！住在宿舍的人除了你们还有谁？除了你们还会有人拿我落在宿舍的卡？”

“搞笑了，又不是只有我和芳芳才有宿舍的钥匙。沈星芒虽然搬出去了，可她的钥匙还没还呢。她要是趁我们不在的时候偷偷回来拿什么东西也不是不可能的。”

“你这么说我倒想起来了，前几天我还丢了一把梳子呢。”

“啊？你那把象牙的梳子啊。唉，算了，就当捐出去了吧，让沈星芒用就是了。”

我冷笑了一声，出现得恰是时候。

“你是说你在淘宝上买的五毛钱一把的象牙梳子？”我拉过宋真的手，继而冷冷地瞥了她们两个人一眼，“当真是狗嘴里吐不出象牙来。”

宋真因为我惊呆了。

我一向是不屑置辩的人，可我突然发现，有些人你不堵住她的嘴，她只会叫嚣得更厉害。

“哟，沈星芒，你现在得意起来了，忘记当初被我们几个扫地出门的场景了？”

她的声音很高，导致方圆二十米以内的目光都聚集在了这里。

“你还会扫地呢。”我笑了起来，“真是一项不错的技能。”

“哪像你的技能是行凶杀人啊！”

我能感受到，自己的面部表情沉了下来。

一旦谈到这个话题，围观群众的好奇心就会被吊起来，等着我如同跳梁小丑一般原形毕露。

宋真拉着我就要往外走："行了星芒，咱们回去吧。"

我甩开她的手，折了回去："为什么要回去？"

我在那两人面前站定，道："七天之内几千块钱的饭卡被刷爆，单在食堂消费是不可能的，在学校的超市也一定用到了那张卡。所以，现在只要去查那张卡在超市的购物明细以及学校超市的监控摄像头，自然就能知道，你们两个人在超市买的东西，是否和那张卡产生的购物明细是一样的。究竟是谁拿了宋真的校园卡，我想，应该不用我多说什么了。"

那两人的脸都青了："你！"

"你们是有多下作。"我收敛了笑意，狠狠地盯着她们的脸，"是有多缺钱，缺到连自尊心都不要了？"

显然是被我的气势给震慑住了，那两个人互相张望着，都不敢吭声。

"可以报警了，宋真，数额已经达到了犯罪的程度。"话是对宋真说的，我的目光却是锁着那两个人的，"你们不是对砍人有着很深的情怀吗？既然如此，也让你们去里头感受一下。好不好？"

其中一个已经吓得当即就腿软了，"扑通"一声跪坐在地上："我不要坐牢……我不要坐牢……"

另外一个嘴唇发白，连话都说不清楚："不要……不要报警……"

宋真拉了拉我的袖子："星芒，要不就算了吧……也不是什么十恶不赦的坏事。"

我笑了起来。

"我当然不会报警啊，因为学校超市的监控是假的呀。"我顿了顿，道，"不过我很满意你们的回答。"

那两个女生看着我的眼睛都要冒火。

“你唬我们？！”

“你们没有做什么亏心事，自然不会觉得我是在唬你们。”

其中那个叫芳芳的女生，冲过来就要拉我的手：“我告诉你沈星芒，我看你不爽已经很久了！”

我抬眸望着她，冷声道：“不爽，然后呢？”

在这么多人面前失了面子，她的右手早已按捺不住。

在她的右手即将伸向我的时候，我早已做好了防御的动作，谁知却有另外一只强而有力的手挡在了我的面前。

我回过头，是他。

这不是顾荆棘第一次为我挺身而出，上一次在教室里，他用他的专业知识轻描淡写地帮我解了围；之前他生日，在我成为众矢之的的时候，他也是以微笑的动作表明他对我的信任。

从那些流言蜚语中不难看出，顾荆棘并不是什么慷慨的烂好人，那他三番五次为我出手，一定是出于其他的理由。

博取我的好感吗？还是其他？

还有……他是九九的哥哥吗？也就是说，他是九九继父的儿子，永生集团的大少爷。

他对我好的理由……是什么？难道他知道我认识九九吗？

我唯一可以确定的是，他对我的好太过生硬，像是在演戏，绝非出于本心。

太多的疑问横亘在我的脑海里，关于面前的这个人的。

既然他愿意为我解围，若是我冷言拒绝，岂不是不解风情。

顾荆棘就站在我的后面，他的胸膛似有若无地触碰着我的背部，有一股暖流细微地触碰着我的神经。

他握住芳芳的手，眼神里有让人捉摸不透的冷意。

“顾学长……”芳芳恨不得要哭。

顾荆棘保持着淡淡的疏离感，道：“学妹好。”

说着，他放开手，转过脸来看我。

他眼里含笑，我不明所以。

我想透过他的脸看清他内心的活动，但我失败了。

“吃饭了吗？”

意识到他是在问我，我答：“还没。”

他望着我问：“介意一起吃个饭吗？”

我并不想接受顾荆棘莫名其妙的好意，所以我摇头：“对不起，我有约了。”

“挺遗憾的。”他想了想，继而道，“那什么时候能轮到我的约？”

顾荆棘这是在约我？当着这么多人的面对我提出邀约，让我觉得拒绝是一种犯罪。

正在我想着如何回答的工夫，忽地有一股力量将我拉向另外一边，与此同时，一个无比寒冷的声音从我的头顶传来。

“不好意思，轮不到。”

纪清寒拉着我的右手手腕，我疼得抽气。他拉着我的手从食堂一直走到学校西边的林荫道，阳光从枝叶的缝隙里穿过，洒在他的脸上，我失了神。

一中的校园里也有这样一条林荫道，每每在校门口与他擦身而过，都是碎落满地的阳光。

和当年的他一样美好。

他转过身来，说：“离那个人远一点！”

原来纪清寒也是会生气的。

对于我，他不是永远那副清冷的表情，他也会生气，也会不愉快。

我明知故问：“谁？”

他蹙了蹙眉头，低声道：“刚才那个。”

我问他：“为什么？”

“没有为什么。”

我笑了起来：“没有为什么，我凭什么相信你的话？”

“花藻，你听我的，离那个人远远的，永远不要跟他有任何牵扯。”他的情绪有些激动，甚至为了强调这句话的力度，他按住我的肩膀。

我抬起眼睛，直视着他的眼睛：“我叫沈星芒。”

他没有答话，眼里的光微微暗淡。

“在 C 市的警察局，我就同你道别过了，所以这次我就不再道别了。九九在隔壁职校。”

“上一次是，这一次也是，你就不能听我好好地把话说完吗？”

我往后退了一步，轻轻地挣开了他：“要说的话，三年前就已经说完了。”

“我来这里不是为了找陆九九的。”

我点点头：“嗯，纪清寒，你有你的人生，你来这里做什么与我毫无干系。”

“毫无干系？”

“是，毫无干系。”

他定定地站着，目光从刚才的暗淡转换成以往的清冷。

这才是纪清寒的眼神，他对我从来都不会有过分奢侈的温柔。

“你喜欢那小子？”

“是啊，喜欢，喜欢得不得了。”我质问道，“我喜欢他跟你有关系吗？！”

等我提高声音说完这句话，我才猛地发现，面对纪清寒，我又一次失态了。

他总能轻而易举地卸下我所有的伪装。

“好，我知道了。”他讥讽地笑了笑，“你说得对，跟我毫无干系。”说着，他转过身，没再说话，大步流星地离开我的视线。

后来我总想，为什么时隔三年我和纪清寒的每一次见面都是不欢而散？为什么我坚信自己已经完全放弃他，可对他说出那些伤人的话时，难过的竟还是我自己？

纪清寒是我的命中劫数，伤敌一千，自损八百。

第三章
/ 无缺 /

01

顾荆棘开始不间断地约我，一个月的时间里，他经常性地出现在教室的门口，穿着干净的白色衬衫和蓝色牛仔裤，右手拿着手机和书，分明的指骨弯成好看的弧度。

在我第八次拒绝顾荆棘的邀约之后，有人指着我的脸骂我，给脸不要脸。

我背着单肩包从她的身侧走过去，面无表情。

顾荆棘第九次找我是晚上将近十一点的时候，我躺在床上看书，手机屏幕显示他的电话。

“喂，什么事？”

“我在你住的公寓楼下。”

我从被子里钻出来走到阳台边，顾荆棘的确站在路灯下。

我问："你找我什么事？"

"九九在不在你那里？"

"不在。"顿了顿，我问，"你知道？"

他"嗯"了一声："上次在KTV的时候我就知道了，你们以前是好朋友。我以为她会来找你。"

"没有，她并没有来找我。"我摇头道，"她怎么了？"

我看见顾荆棘站在楼下，他唇齿间呼出的气体凝结成白色的雾气，他的鼻尖通红，像是刚才奔跑过，头发和衣服都乱糟糟的。

"她和家里吵架跑了出去，到现在都没回来。"

九九的性格我太了解了，顾荆棘说的应该是真的。

"如果你有任何她的消息就告诉我，我去别的地方找找看。"

我看见他迈开步子准备离开，这才开口道："等我两分钟，我跟你一起去找。"

花无缺以前总问我，姐你恨不恨陆九九？

恨啊，哪能不恨啊，可是比起恨，我对她更多的是爱与关切吧。

三年前的事，我们谁都没有办法左右。结果是这样，谁都没想到。

等我换了衣服跑下楼，顾荆棘把身上的外套脱下来给我。

十二月的天气，入冬了，帝都的冬天冷得特别厉害，晚风吹在脸上是刺骨的寒意。

他把身上的外套给了我就只剩下了一件薄薄的衬衫和一件羊毛衫。

我脱下来给他："我不冷。"

他尴尬地看着手中的外套，不知是该接过去还是不接。

我将外套挂在他的手臂上，转过身往前走："你不用对我这样，我是无爱论者。”

说无爱论者是假的，我看不透顾荆棘的意图是真的。我不能平白无故地接受他的好意，在我从他眼里看不出爱意的时候。

在路上，顾荆棘接到了他朋友的电话，说是在酒吧看见了陆九九。

我随手拦了一辆出租车，往酒吧的方向赶。

酒吧一条街附近闹得很，亮眼的霓虹灯闪烁，顾荆棘拉着我的手臂，穿过重重人浪，最终抵达鹿森酒吧。

鹿森是酒吧一条街上最大的一家酒吧，人多嘴杂，自然是有不好的传言。之前这家酒吧出过男男女女这类的事，没想到越是出事，生意就越好。

来这里的大多都是些无事可做的公子哥，撒钱求点乐子。高中的时候，纪清寒经常混迹在这种地方，和陆九九一起。

我收回思绪，顾荆棘凑到我耳边说:“我们分头找，十分钟以后集合。”

“嗯。”

我要走，他又拉住了我。

“你自己注意安全。”

“好，我知道了。”

穿过舞池和卡座寻找无果之后，在走廊尽头，我看见九九进了其中的一个小隔间。

我推开隔间的门，里面烟雾缭绕，九九一脸茫然地望着我。

几乎是在一瞬间，我就明白这里的男男女女在干些什么。

于是我走过去，猛地拉住九九的手，低吼：“陆九九，你简直无药可救。”

她愣怔的空隙，隔间的门突然被人从外面撞开。我和九九转过身，黑色的枪口直直地指向我们两个人的额头："不许动！全都不许动！"

几个便衣警察冲进了隔间，身后的几个人想跑，却全都被警察制伏。我乖乖地举起手，在警察的管制之下出了门。

顾荆棘就站在门口，他的目光在触碰到我的那一瞬间有一闪而过的说不明白的情愫，随后他道："发生什么事了？"

为首的警察竖起眉毛，道："请让一让。"

"警察同志，她是我同学，你一定是搞错了。"

警察面无表情地说："里面的人涉嫌吸毒，全部都要带回局子里检查。等检查结果出来，自然知道是不是搞错了。"

我走在一行人的前面，因而我没有看到身后九九的表情。

昏暗的彩色灯光下，忽地浮现出几张熟悉的脸。

方媛媛……还有之前在 KTV 的那个黑框男？他们也在这里？

我始终保持着冷淡的神色，直到我在人群中看到了一张脸。

我终于再也忍不住，在一瞬间像是泄气的皮球似的彻底垂下了头。

我早该明白，有陆九九的地方，必然会有纪清寒。

警察带我们去做尿检，结果还没出来，一行人在局子里大眼瞪小眼。

有几个人萎靡地蹲在墙角，还有几个不死心，做垂死挣扎，不断用笃定的语气重复道："警察同志，你搞错了，我没有溜冰。"

九九坐在我的身边，低着头没说话。

做笔录的警察看了我一眼，随后视线从电脑屏幕上移开，似笑非笑地讥讽："有案底啊。"

我没有吭声，目光瞥向九九，她紧紧地抓住自己的衣角，几不可闻地"啊"了一声。

“年轻人血气方刚不懂事，寻求点刺激是正常的，可是呢，这种东西碰不得，碰了那你的一辈子就毁了。”身后有个年纪大的警察在说教，我回过头，淡淡地瞥了他一眼。

做笔录的年轻警察见我这副丝毫没有忏悔之心的模样，道：“少点你们这些人，世界恐怕要安宁很多。”

我正对着年轻警察的脸，从他轻蔑的目光里我看到了自己异常镇静的脸。我道：“我没吸毒。”

“每一个溜了冰的人都会这么说。”年轻警察打了个哈哈，满脸嫌恶，“反正等会儿尿检结束之后，你也就没什么好解释的了。”

我闭上眼睛，没再说话。

之后尿检结果出来，目中无人的年轻警察一副吃了苍蝇的表情，全程没再过来跟我说过一句话。除了我和九九之外，隔间里的其他几个人尿检都呈阳性，被留在局子里。

等我们从警察局出来的时候，已经过了十二点。

漆黑的夜幕下，几颗星星挂在天际，我和九九一前一后地走着，她在我后面，和我保持着两三米的距离。

蓦地，我停了下来，转过身去，道：“回去吧。”

她抬起头，一双眼睛望着我。

曾经那双骄傲得不可一世的眼睛，即便是身处逆境也绝不会露出暗淡神情的眼睛，在此时此刻，是灰暗的。

她不走，嘴唇抖动了几次，始终没有说出一个字。

“我走了，你自己一个人小心点。”

“阿藻！”她冲着我的背影喊，随后走到我的身后，轻轻地拉住了我的袖口，我侧过身，看见她低着头，“三年前……我不是没有找你，我们都找你找疯了，我们……”

她说的我们，大概是指她和纪清寒。

“我知道。”我深吸了一口气，笑了起来，“九九，我从来没有怪过你。”

“这几年，我其实没有朋友。”九九望着我，眼眶都红了，“阿藻，他们都说你死了，可我知道，你活着，我一直在等你……”

“九九。”我打断她的话，“不论如何，无论我是生是死，我们都应该往前看。”

我转过身，道：“骄傲点，陆九九。”

骄傲点，陆九九。

骄傲点，沈星芒。

我没有回头看九九，我也不知道她究竟走了没有，我缓缓地走到了小区楼下，还没上楼，又有电话过来。

这一次是花无缺。

“姐，你在哪儿？你没事吧？”

“没事，我已经到家楼下了。”

“姐……”他顿了几秒钟，随后道，“出事了。”

我的心一沉：“谁？谁出事了？”

“我刚才接到顾荆棘的电话，他说你出事了，我刚到警察局，结果看到了纪清寒。”

纪清寒？他出什么事了？

“他怎么了？”

“他把顾荆棘给打了。打得挺厉害的，两人现在在警察局呢。”

之前纪清寒找我的时候，我明白他对顾荆棘有敌意，没想到这次居然会大打出手。

“嗯，我上楼了。”

将手机塞进口袋里，抬起头看了眼三楼的公寓，我裹紧身上的衣服，朝相反的方向走。

警察局距离家不远，过两条马路就到，我在警察局门口踌躇了许久。已经一点多了，路上没人，我站在警察局对面的二十四小时便利店门口，等了约莫十分钟，顾荆棘跟几个人一起出来了，又有一个穿着黑色卫衣的男生进了警察局。过了几分钟，纪清寒和那个男生一起出来了。

为了防止尴尬的碰面，我转身走进了便利店。

谁知黑色卫衣的男生也走了进来。

他走到柜台前，买了一包中华。

纪清寒站在便利店门外，他穿着一件单薄的藏青色外套，身形清瘦，背影孤傲。

“你觉得，纪清寒为什么会出手打人？”

有声音在我身后响起，我偏过头，是那个黑色卫衣的男生。

“你在跟我说话？”

他笑吟吟的，但那种笑意让人觉得有些毛骨悚然。

“当然。”他伸手拉住门把手。

“这种问题，你问他本人比较好吧。”

“所以说呀。”他笑嘻嘻地答，“他为你打这一架真是不值。”

为我？我一愣。

他没再答话，拉开门走了出去。

我跟在他后面，他给纪清寒递了一支烟。

纪清寒摇了摇头，道：“我戒烟好几年了。”

黑卫衣男生又笑了起来："三年不见，你还真是厉害了不少，第二次见就要我来保你。"

纪清寒没吭声，他明明看到了我，却像是没看到似的。黑卫衣男生转向我，将点燃的烟叼在嘴边，向我伸出手，含混不清地道："姜桉。"

我礼貌性地回："沈星芒。"

他脸上挂着笑，凑近我的脸，轻声道："我知道，纪清寒的小女朋友。"

我心骇然，摇了摇头："不是。"

纪清寒没理我，而是对姜桉说："走吧，时候不早了，你明天还要上班。"

姜桉朝我挥了挥手，朝我飞吻："我走咯，小姑娘你注意安全。"

那时候我并不知道姜桉是个什么样的人，但遇到姜桉之后，我就彻底进入了他们的圈子，从此，生死浮萍，相依为命。

02

涉毒进警察局的消息被方媛媛添油加醋，又刷爆了朋友圈和学校的BBS。一时间流言四起，在隔天我被叫进了校长室。

秃头校长递给我一份资料，义正词严："沈星芒同学，由于你多次触犯校规，你被学校开除了。"

这不是义务教育，开除就是与学业彻底永别。

我看着他手中的资料，道："请问校长，我哪一条触犯了校规？"

"劝退通知上写得很清楚。"

我接过资料，瞥了两眼，道："我并没有涉毒，我不住校，也没有违反学校的住宿管理制度。"

"即便如此，你的行为也给学校带来了不可挽回的影响。"

“校长，”我将劝退通知放在桌上，严肃地问，“如果我给学校带来了不可挽回的影响，那么经常出没在那些地方的其他学生呢？我很理解校长的顾虑，但我同时也渴望一个公平公正的回复。”

校长沉默了几秒钟，最后抛出了一个我无法反驳的答案。

我深深鞠了一躬，走了出去。

他说得对，我考上这所学校是三年前的事，并不是今天的事。

很早以前，爸爸就对我说过，这并不是一个公平的世界，唯一相对公平的只有高考。所以我从一条相对公平的深巷里跻身而出，却又被不公平地宣告出局。

有些东西，你攥得越紧，就越容易失去。

学业是这样，爱情亦是如此。

我前脚刚走出校长室的大门，后脚就又被人扯了进去。

“撤回她的劝退决定。”

开口的是纪清寒，他拉着我的手腕，站在校长面前，一副居高临下的架势。我不明白他现在突然到这里是唱的哪一出。

“你是哪个班的学生？这么不懂规矩？”

纪清寒冷笑了一声，道：“连我是不是你们学校的学生都不知道，真是有意思的校长。”

校长的面色铁青，气得声音有些不稳：“出去！”

“我是纪建国的儿子。”纪清寒向来不屑把父亲的名字搬出来，今天却是把他父亲的名字用得如鱼得水，“张校长，前几年你在外头乱搞的那些事，该不会是贵人多忘事了吧？”

“你在胡说八道什么东西！给我出去！”

“收回你的劝退决定。”他的眼里笼罩着一层冰冷的光，“否则，你和永生集团的那些不正当往来，我也会一个一个地全部抖出来。”

校长吹胡子瞪眼：“出去！”

我和纪清寒从校长室出去的时候，他松开手，转过脸来望着我。

我也看着他，两人都没有说话。

良久，他转过身：“走吧。”

穿过综合楼的长廊，下了三层楼梯之后，纪清寒在楼梯口停了下来。

他背对着我，因此我不知道此时此刻他脸上的神情。

我开了口：“你做事永远都是这么极端。”

“你一向都知道我是个什么样的人。”他重又迈开步子。

我追了上去。

他走在综合楼外的林荫道上，结对的学生从我们身边走了过去，我加快了步子，在距离他不到一米的地方停了下来。

“纪清寒。”我叫他的名字。

他也停了下来，没有回头。

我想起姜桉跟我说的，始终还是没有想明白。

“昨天，姜桉说的……是什么意思？”

“跟你有关系吗？”

我一愣。

他将身子靠在一旁的白杨树干上，目光似有若无地扫过我的脸。

“为什么要帮我？”我问他。

“你觉得呢，我为什么要帮你？”他冷冷地望着我，目光凉得如同深冬的月色。

心里有一个答案呼之欲出，但我没敢说出口。

倘若纪清寒对我心存情意，那他早就喜欢上我了，何必等到现在。

就在我沉默的空隙，他直起身子，看了一眼头顶。

天边已经飘起了牛毛般的细雨，他转身离开。

我一直跟在他的后面，雨越来越大，远处传来雷鸣声，白光乍现，闪电划过灰蒙蒙的天空，瓢泼大雨倾泻而下。

他皱着眉头，朝我吼："下雨你跟着我做什么？"

"纪清寒，我想知道答案。"我的心揪成一团，全身的每一根血管似乎都要爆裂开来，压得我几乎喘不过气来。

他为什么要帮我？为什么要威胁校长？为什么要和顾荆棘打架？为什么……

他厉声道："回去！"

"我不回去！"在我的身体里挤压了三年的情绪似乎在这一刻就要彻底冲出我的躯壳。

三年前的晚上，也是这样的暴雨，在漆黑的深巷里，我握着满是鲜血的匕首站在雨里，身后有警车的鸣笛声，明晃晃的车灯刺得我几乎睁不开眼睛。

我在哭，却没人知道。

那一晚，也是这样的雨，我也是这样的想念纪清寒。

"沈星芒！"他朝我走过来，脱下身上的外套举在我的头顶上，雨水将他的头发打湿，耷拉在额头上，遮住了他漆黑的眼睛，我看见他的嘴唇微微抖动，他说，"你到底想怎么样？！"

"我想知道答案！纪清寒，你告诉我！"

我伸手扯过他为我举着的外套，我喘着气，抬着头直视着他的眼睛。

人行道上路过的行人用看疯子的目光看着我们两个人。

可我不管，我什么也不管。

他也喘着气，胸口剧烈地起伏着，看得出他很生气。

“以前是这样，现在还是这样，你做事从来就不用脑子吗？！”

“不要转移话题，你告诉我答案！”

“你那么想知道答案，你怎么就不用你的脑子好好想想？！”

“我想什么？我要是想得明白我还会来问你吗？！”

他突然笑了起来。

我骂了他一句：“神经病。”

“原来你还是会生气的。”

我的心瞬间就冷了下来。

“是啊。”我自嘲，“我以为经过这三年我已经刀枪不入，我以为不论发生什么事都不会再有任何情绪波澜。你赢了，纪清寒。”

不论过多少年，每次败的都是我，每次都是一败涂地。

他伸出手，按住了我的脑袋，逼迫我与他对视。

“告诉我，为什么？”

我直视着他的眼睛，反问道：“你想知道什么？”

“三年前，为什么要那样做？”

“什么？”

他的另外一只手按住我的肩膀，我感觉到他的手在发抖。

“你为什么要为陆九九把你自己的前途搭进去？”

我猛地睁大眼睛。

原来他知道。

他都知道啊……

雨水顺着我的眼睫毛一直往下滴，眼前的一切逐渐模糊，我打了个寒战，纪清寒意识到了我的小动作，他松开手对我说：“找个地方避雨，不要感冒了。”

我抓住他右手的一根手指，让他停下来。

“很多人喜欢九九，所以如果她出事了，会有很多人担心，她的母亲、她的朋友，包括你。可是那时候的我，已经什么都没有了。即便是我消失，也不会对任何人有任何影响。”

我低着头，不敢看纪清寒的脸。

我怕我三年来饱受的所有苦痛在看见他的那一瞬间就会彻底压垮我，我所树立起来的坚硬的城墙也会彻底坍塌。

有人问我这三年来过得好不好。好？怎么能好？

我的青春死在了最艳烈的时候，要怎么样才能好起来？

他浅浅地“嗯”了一声，声音低得几乎快要听不见。

我把头埋得更低，声音细如蚊蚋：“三年前，我喜欢你，而你喜欢陆九九。”与其说是回答他，更像是在告诫我自己。

他沉默了许久，而后他问：“答案很危险。你还想知道吗？”

“是，我想知道。”

“一旦你知道了，你的命运就会彻底跟我捆绑在一起，你还想知道吗？”

我点头：“想。”

“你看着我。”

我缓缓地抬头，在触碰到他视线的那一刻，我的心还是不可抑制地剧烈颤抖起来。

他的嘴唇动了几下，可我却听不到任何声音。

吡——

尖锐的声响在我的耳畔响起。

我瞪大眼睛，拼命地想听见他的声音。

眼前的一切由模糊逐渐变成黑白两色的雪花点。

在眼前的世界彻底消失之前，我死死地抓住了纪清寒的衣角。

03

我做了一个梦。

梦里的我盛装出席纪清寒的婚礼，他和九九相拥而笑。

画面忽然转换到那个雨夜，漆黑的巷子，沾满鲜血的匕首，倒在地上的男生。

我猛地从梦中惊醒。

眼前是白色的天花板，淡绿色的窗帘微微拂动，病房里安静得只有吊瓶里的药水滴落的声音。病床旁坐了个人，我眯起眼睛，想要看清楚。

“他去买东西了，所以暂时由我来照看你。”姜桉笑起来，露出两个迷人的小酒窝。

我“嗯”了一声，道：“我睡了多久？”

“半天，现在是下午三点钟。”姜桉从床头柜上拿了一个苹果开始削，“没吃早饭低血糖，之前好像也受过伤，留了后遗症，你这姑娘还真是蛮会折腾呀。”

姜桉特别喜欢笑，眼睛圆圆的，笑起来的样子又暖又萌。身高大概在一米七五到一米七八的样子，和一米八二的纪清寒站在一起，倒像是个小孩子。

我没吭声。沉默了许久，他把苹果递到我面前。

我迟疑了片刻，随后问：“你之前说……纪清寒为我和顾荆棘打架的那件事是怎么回事？”

“顾荆棘带你去酒吧咯，然后阿寒看他不爽呗。”

我大囧。看来纪清寒是误会顾荆棘了。

我摇头道：“我们只是去找人，纪清寒误会了。”我心虚地咬了一口苹果，不敢去深究纪清寒怎么就因此和顾荆棘干了一架。

姜桉侧过脸来，尽管脸上还是荡漾着笑意，我却从他的笑意里感到了一丝寒意。

“你真的觉得，顾荆棘跟你一起去酒吧，只是为了找人吗？”

我愣住。

“你真的以为，就那么巧，你和九九都进的那个隔间里面有人在溜冰，而恰好警察又出现了？”

我的手轻轻一颤。

“还是你以为，无罪释放的你如果没有其他势力压迫，会平白无故地被开除吗？”

从内心最深处涌出一阵恶意，令我毛骨悚然，我像是被带进了一个深不见底的旋涡，无法动弹。

黑暗中有人在向我招手。

我要不要抓住那个人的手？

我犹豫了。

“我不明白。”我答。

姜桉的眼睛笑弯了，像一个弯弯的月牙。

“那我们聊得透彻一点。沈星芒……哦，不，花藻同学，你难道真的以为三年前你的父亲是抑郁症自杀身亡的吗？”

我不可抑制地战栗了起来。

我猛地睁大眼睛，死死地望着姜桉的脸。

这和我爸爸有什么关系……

难道我爸爸的死不是因为自杀？是他杀？还是……

“阿姜！”纪清寒不知什么时候出现在病房外，他蹙着眉头，制止姜桉再往下说。

姜桉挑了挑眉，吐舌道：“Sorry！”

“为什么不让他继续说下去？”我质问纪清寒。

他将装着粥的塑料袋放在床头柜上：“你好好休息。”

“你早就知道是不是？”

纪清寒转过脸来，阴沉着脸，一字一顿地说道：“我早就警告过你，离顾荆棘远一点。”

“你永远只会告诉我结论，从来不告诉我原因。”

“告诉你原因，然后看你现在这张写满了错愕和悲伤的脸？”

我一时语塞。

“这就是我想知道的答案，对吗？”

纪清寒不理我，放了东西就要走。

“纪清寒！”我气得直吼。

姜桉朝我挤了挤眼睛，笑起来挥手道：“我们先走咯，下次有空再来看你。”

我拔下右手的点滴，拖鞋也不穿就直接跑出了病房。

“纪清寒，你站住！”我朝他喊。

他看我光着脚站在大理石地板上，赶我回去。我偏不，他气得恨不得要揍我。

“你想怎么样？”

“我们合作。”我慢慢地走向他，在他面前站定，而后启唇，“你们有自己想要达到的目的，我也有。”

他没有答话，漆黑的眼睛直直地盯着我，不知是在想些什么。

我抬起头直视着他的瞳孔，深思熟虑之后，我开口道：“我的亲人、我的未来，我不能让他们就这么平白无故地消失。如果有所谓的因果报应，那我要让背后的人，血债血偿。”

我很认真，纪清寒知道。

他知道我认定了的事情，就一定会不撞南墙不回头，三年前如此，三年后亦然。从某种程度上来说，我和他是一类人。

姜桉打了个哈欠：“Interesting！”

“不要胡闹。”他拉着我往病房里走。

“如果你不帮我，我就自己去查。”我顿了顿，“往顾荆棘身上查是吧？好，我知道了。”

我一溜烟跑上床，不再理纪清寒。

他有很长一段时间没有说话，最后，他淡淡地开口：“等你病好了再说。”

“好。”

纪清寒走后，我从床头柜的抽屉里摸出了手机，拨通了一个烂熟于心的号码。

“喂，九九。”没有等对方回答，我径自开口，“你不是想补偿我吗，我给你机会。”

我握紧了满是汗珠的双手。

如果这三年我所经历的都是有人为了达到自己目的的不择手段，那么，我要让他用余生的苦痛来偿还我再也无法重来的青春与梦想。

04

回到 C 市是三天后，我将唯一的一张储蓄卡交给了花无缺，以备他不时之需。帝都到 C 市的火车一天只有两班，一班在清晨，一班在黄昏。

我和九九在下满露水的清晨上了车，沿途需要经过三个省，我在靠窗的位置休息。

九九坐在我的旁边，是硬座，她为了距离旁边的男人远一点，因此离我更近了些。

“你为什么想去顾荆棘爸爸的公司上班？”

我微微睁开眼睛，答道：“你是顾荆棘的妹妹。”

“阿藻……啊，星芒……”她叫得很拗口。

我皱了皱眉头，又听见她说：“顾荆棘是不是在追你？”

“没有。”我矢口否认，“顾荆棘不是我想高攀的人。”

我托九九的关系去了顾家位于 C 市的总公司——永生集团。但凡在二十世纪做房地产发家的集团都会将枝叶分散到别的领域上去，比如现在爆红的电子类产品。

由于我是九九带过去的人，部门里的人倒也没有指使我去做跑前跑后的杂事，只是给了我一堆需要录入的稿子以及办公室的打扫工作。

我所在的部门是永生底层的小部门，专做网站的小部门，总共加起来也就十来个人，人际关系不复杂，相处下来也算是融洽。

九九在帝都念的是职校，三年就毕业，实在不愿意留在帝都，她便同我一起回来了。

很久之后我才知道，九九离开帝都的另外一个原因也是主要原因，是顾荆棘。

我在永生集团待了半个月左右的时间，直到纪清寒给我打了一通电话。

他的语气很不好："你回 C 市去了？"

"是啊。"我忙着手上的工作，没有多余的工夫搭理他。

"你就不能有片刻的消停是吧？"

"烦人。"我吐槽他，"不告诉我，还不让我自己查。真奇怪啊你。"

大概是和正常人相处的时间长了，我那颗被扎满硬刺的心逐渐柔软起来。我开始试图接近周围的人，融入附近的小圈子，也不再用冰冷的态度对待所有人，包括纪清寒。

"出来。"

"啊？"我动作一僵。

他叹了口气，道："我在楼下。"

楼下？

我走到窗户边朝下看，纪清寒就站在集团大楼楼下的花圃边。

恰好是下班时间，我跟负责人打了声招呼，拿起背包就火急火燎地出门去了。

一月份，刚过元旦，我已经有半个多月没有见到他了。

纪清寒把头发剃短了，整个人显得更加精神，他的双手插在裤子口袋里，表情酷酷的。

"你怎么跑到这里来了？"我问他。

"北京那边该处理的事情也处理完了，就回来了。"

我吸了口气："不去北京了？"

"看情况，可能还要去两趟。"

“哦，好。”

之后就是短暂的尴尬沉默。

我对纪清寒的态度不再锋利，之前我想了很久，他没有理由对我好，他不欠我任何东西。

我正想该说什么打破沉默，恰巧部门的人都出来了。想装作看不见已经来不及了，我只能硬着头皮回应他们的招呼。

“哟，男朋友啊。”男负责人八卦地笑起来。

几个同事也纷纷递来暧昧的眼神：“可以啊小沈，男朋友长得是真的帅。”

“就是啊，这么帅的男朋友藏着掖着干吗，拉出来遛遛啊。”

“喂，你这人怎么说话的，人家男朋友是骡子还是马啊？”

大家你一言我一语，有说有笑。

我抬眸乜斜了纪清寒一眼。

他没有解释的打算，我便默契地没有开口。

正当大家都等着我说话的空隙，他突然拉开外套的拉链，从衣服里面拿出了一杯牛奶递给我。我一愣，缓缓地接了过来。

牛奶还是暖的。

同事阿张喜笑颜开：“哦哟，小沈，你男朋友好贴心哦！”

我闷不吭声，掀开瓶盖开始喝牛奶。

“走吧，去吃饭。”纪清寒知道大庭广众之下我不会拒绝，也没等我说话就拉着我离开。

那天晚上吃的是西餐，我胃不好，不能吃火锅烧烤这类的东西，纪清寒是知道的。

我望着桌上的牛排，问道：“你来找我什么事？”

“去北京的时候我就告诉过你了，我知道你需要我。”

我垂下眼帘，不冷不热地答：“我不需要任何人，我爸爸的事我会自己去查。”

他反问道：“你怎么查？从哪里去查？你除了知道你爸爸的死和顾家有关系，你还知道什么？”

“纪清寒，你真是变得越来越啰唆。”

“是啊。”他握紧水杯，眼睛一动不动地盯着我，“我这是为了你才变得越来越啰唆。”

我告诫他：“跟以前一样就行了，你不用对我好。”

“我对你好不好是我的事，你不用放在心上。”

我放下手中的刀叉，质疑道：“纪清寒，我觉得你变得很奇怪。三年前对我冷冰冰，现在对我又过分关怀。怎么，你不去追九九了？”

他打量着我，闷了很长时间，最后道：“我没追过陆九九。”

“我不明白你的思维模式，我也理解不了你的逻辑。”

“陆九九没告诉你吗？”

“告诉我什么？”

“她喜欢顾荆棘。”

我的后背一僵。

我愣了很久很久，也思考了很久很久。末了，我问：“顾荆棘？”

“嗯。”

“哦，那我就明白了。”我笑了起来，“你是因为九九喜欢顾荆棘所以放弃她了？”

纪清寒有些恼怒。

“你就不能不过分联想？”

“我没有过分联想，我只是在分析。”我顿了顿，又说，“我就说呢，你为什么把顾荆棘揍了一顿？我还真听了姜桉的话，以为你那是为我打抱不平，原来还有这层关系呢。九九喜欢顾荆棘，你就把顾荆棘给揍了。如果说我爸的死跟顾家有关系，我去查还说得过去，你蹚这浑水做什么呢？”

我分析得有理有据，头头是道。

纪清寒摇了摇头：“吃饭吧。”

我权当自己全部猜中，纪清寒被我逼得无话可说。

一顿饭下来，食之无味。

临了要走，纪清寒问我：“你现在住在哪里？”

“在公司附近租了个房子。”

爸爸去世的时候，家里花了很多钱，我把房子卖了，把债还清，剩下的钱我放在了卡里，现在交给了花无缺。

经历过三年前的事之后，我一直都把钱看作是身外之物。只要健健康康活着，比什么都重要。

现在我有了工作，日常开销能自己解决，不需要再靠那笔存款。

“住我家去吧。”他不像是在开玩笑，“花叔叔把你托付给我家了。”

这次我没拒绝：“好啊。不过纪清寒，我该以什么身份住到你家去呢？”

我们走在寂静的小路上，月光清淡，一月的 C 市飘起了深冬的初雪。

纪清寒就站在我的面前，是我伸手就能触碰到的距离。

他突然转过身来，我往后一退，正抵在了冰冷的电线杆上。

我的身后还垫着治疗痔疮的小广告，还有头顶微弱如同萤火的路灯，我记得那天是这样的光景。

纪清寒喝了一点红酒，脸颊上微微泛着红晕，不知是醉意还是被冷空气给冻坏了。

他咧开嘴，笑了起来。

“女朋友的身份，你说好不好？”

他的唇齿间有淡淡的红酒香气，扑在我的脸上。

他眼里还含着笑，我却已是醉了。

05

在我的想象中，假如有一天我和纪清寒在一起，那一定是山崩地裂海枯石烂的小说情节，绝不会平淡得就像是“在朋友圈发条状态谁第一个评论我就跟谁在一起”的剧情。

所以，我清醒下来的时候想了又想，才猛然惊醒，纪清寒那是喝多了吧。

“小沈，走了，吃午饭去了。”同事阿张喊我吃午饭，我正对着网站首页发呆。

阿张神秘兮兮地告诉我，今天有个新实习生要来。

我“嗯”了一声，继续吃饭。

阿张大失所望：“你不好奇吗？”

“还行。”

旁边的阿露揶揄她：“要是我有小沈那么帅的男朋友，我也对什么实习生半点好奇都没有。”

我吃着菜，没有多言语。

然而等那个所谓的实习生站到我面前的时候，我才大吃一惊。

他是穿惯了白色衬衫的，即便和这里IT员的扮相相隔万里，我也见惯不怪了。

阿张捅了捅我的后背，说：“这是龙太子啊。”

我当然知道他是龙太子。

直觉告诉我，顾荆棘从帝都回到C市做实习生，并非单纯只为体验生活。

他如果想自己做一番事业，自然就不会回到这里；他若是想继承王冠，也不会选择这个时间点回来。

“沈星芒，我回来是为了继续追你的。”顾荆棘轻描淡写地拉开了我和他之间的距离，但又把话说得暧昧无比。

我冷冷地回应他：“我有男朋友。”

“纪清寒？”他轻蔑地问。

我心虚地“嗯”了一声，不敢多说，言多必失。

“家世、能力、长相，我没有一点比他差，我很有信心。”

旁边还有十几个同事，就在刚才，阿张还在数落我对新鲜的人和食物一点好奇心都没有，活得像是个老年人，现在顾荆棘就堂而皇之、居高临下地宣布他的决定，这让我很尴尬。

所以我把他叫了出去，想把事情说清楚。

“哥？”

看见九九，我适时地噤了声。

空荡的走廊里只有我们三个人。

九九眼睛一亮，随后又暗了下去：“你什么时候回来的？”

顾荆棘冷冷地回应：“昨天。”

顾荆棘是昨天回来的，却没有回家，我眯起眼，试图从这里找出点什么信息来。

“回来实习吗？”能看出来顾荆棘态度冷淡，九九还是穷追不舍。

这大概有点像之前的我和纪清寒。

我和九九唯一不同的是，她若是喜欢，便可以说出来，可我却始终不敢。所以三年前，我只能抱着这一份孤单的暗恋，在太阳照射不到的地方默默地看着纪清寒和九九出双入对。

花藻，你真尿。

可是沈星芒不会尿。

“不实习。”他的视线始终都没有停留在九九身上一下，而是淡淡地望着我，我看不出他眼里的情绪，“我来追我喜欢的女孩。”

我忍不住骂了一句：“有病！”

“星芒？”九九不解地望着我。

我挥了挥手：“下班了，我走了。”

谁知我前脚刚走出公司的门，顾荆棘后脚就跟了出来。

我满头黑线地转过身去：“你能不能不要跟着我？”

“我送你回去。”

我头痛欲裂。

“顾荆棘，是我之前跟你说得还不够清楚吗？我不喜欢你，我希望你不要来纠缠我。”

他走到我面前，居高临下地看着我，冷声道：“陆九九也喜欢我，你让她也不要来纠缠我啊。”

听到九九的名字，我咬着牙回道：“你可以再混账一点吗？”

“不能。”他凑得更近了些，“我刚才让你做的事，也就是刚才对我做的事。我是混账，你也是，沈星芒。”

我哑口无言。

忽然有一只手拉住了我，我被扯到了一个人的身后。

我定睛一看，是纪清寒。

“我想上次我应该已经说得足够清楚了。”纪清寒攥紧拳头，“让你不要再来纠缠她。”

顾荆棘闻言，不怒反笑：“这好像跟你没有什么关系吧，纪先生。”

“走吧。”纪清寒没再搭理顾荆棘，转而对我说。

我“嗯”了一声，也没多说话。

我看见九九从门里走了出来，她站在顾荆棘的身后，不知在说些什么。而后，顾荆棘嫌恶地皱眉，头也没回地离开。

我垂下眼，看着自己移动的双脚发呆。

九九喜欢顾荆棘，而顾荆棘讨厌她。

上次纪清寒让我住到他家的口头承诺，我是不会当真的。

所以当他再次提起的时候，我自然是一脸懵逼。

我把碗里的牛肉拉面的最后一口汤喝光，放下碗筷，低声道：“纪清寒，放下屠刀，立地成佛，你还有救。”

他挑了挑眉头，把自己的那一碗还没动过的牛肉拉面推给了我：“你想说什么？”

“莫名其妙地对我好，非奸即盗。”

“那你说，我是图你的钱，还是图你的色？”

“鬼知道。”

我站起身掏出手机，走到柜台边对收银员说：“结账。支付宝。”

他追了过来，拿着钱包横在我的面前："我买单。"

"吃了你的牛排我几天没睡好觉。"我扫完二维码，输入支付密码，"所以我还是不要欠着你的了。"

验证了三次，都是显示余额不足。

我微微蹙眉，检查了一下绑定的银行卡。

纪清寒见我这副样子，从钱包里掏出了五十元纸币交给了收银员，我说了句"抱歉"，走到门外给花无缺打电话。

连续拨了两次都无人接通，终于在第三次的时候，花无缺接了电话。

"你怎么回事？电话也不接。你把我银行卡上的钱弄到哪儿去了？"

回应我的是良久的沉默。

我意识到情况有些不对劲。

"喂？花无缺，是你吗？"

依旧是沉默。

我握住手机的手不禁有些颤抖，我意识到自己的心正怦怦地跳个不停，我颤抖着声音问："花无缺……你怎么了？"

我听到电话那端传来轻微的喘息声。

"花无缺！你说话啊！"

过了很久，终于有了回应。

"姐……"是花无缺，他的声音很低，低得我几乎就要听不见。

在寂静的夜晚，大雪覆盖的街头，我听见了花无缺近乎绝望的声音："救救我……姐，你救救我……"

第四章

/ 蛛丝 /

01

——救救我……

——姐，你救救我……

醒来的时候，我的额头沁出了细密的汗珠。

我从来没有觉得 C 市到帝都的火车车程这样漫长。

天刚破晓，只有一张坐票，纪清寒在车厢里站了十个小时。

他看到我醒了，走到我身边来，伸手抹去了我额头上的汗珠，细声细语道："还有三个小时，还可以再睡一会儿。"

我摇头道："我睡不着了。"

他没说话，就站在我身边，火车有节奏地轻轻晃动着。

我拍了一下他的手臂，他俯下身来，我在他耳边轻声道："我坐的时间太长了，很不舒服，你坐下吧。”

而后我站起身，他坐在了我的位置上，他突然拉住了我的手，我就这样毫无防备地撞进了他的怀里。

我整个人彻底怔住了。

我就坐在他的腿上，他一只手抓着我的手腕，还有一只手轻轻地环住了我的腰。这样羞人的距离让我的心有一瞬间差点跳出了嗓子眼。

“很晃。”他说，“你站着会晕的。”

“所以你就这样晕了一个晚上？”

他没说话。

我了然道：“你睡吧，到了我叫你。”

纪清寒很快就睡着了，他靠在椅背上，纤长的睫毛微微颤抖着，像极了不安分的小精灵。我从他的腿上站了起来，靠在椅子边，看他睡着的样子。

高三寒假，他的生日，他邀请九九和我，我为他定做了一支钢笔，上面刻下了他的名字。钢笔他收下了，但他从来没有用过，一直放在笔袋里。

后来有一天，在高考之前的那几天，我在学校的图书馆里偶遇了他，他题目做了一半睡着了，我趁他熟睡的时候把那支钢笔偷偷拿了回来。

窗外的风景飞速地向身后溜去，我站在过道里，轻柔的阳光照射在我胸前的金属环上，我低下头，忽地笑了起来。

我没有问纪清寒三年前的那天为什么没有来。

因为我心里很清楚，那晚，不论是否下暴雨，纪清寒都不会来。

我早知他不会来，还偏偏要等到天破晓。

纪清寒欠我一个答案，即便那个答案是：我不爱你。

我和纪清寒赶到学校男生宿舍的时候，花无缺正坐在花圃的台子上。他低着头，一言不发。

长途跋涉之后的困倦感袭来，我摇摇晃晃差点站不稳。纪清寒托住了我的背，我这才清醒过来，问："怎么回事？"

花无缺不敢抬头，只是用低沉的声音问道："姐……这是不是大伯留下来的钱？"

我摇了摇头，道："是。"

他叹了口气，道："姐，卡里的四十五万都没了。"

我的心"咯噔"沉了一下，我紧紧地握住自己的手，试图让自己冷静下来。

那是我把房子卖了，还清了债剩下来的存款。

那是爸爸留给我唯一的遗产。

我颤抖着声音问："到底怎么回事？"

花无缺这才慢吞吞地从衣服口袋里掏出了一个信封，递给我。

"姐……我把人家肚子搞大了……"

我不可置信地瞪大眼睛："你说什么？"

"姐……"花无缺看着我，恨不得要哭了出来，"姐……对不起……我把学校一个女生的肚子搞大了，他们家要挟我，如果我不给五十万，他就把这件事告诉我爸……"

我看都没看信封里的东西，直接拎起花无缺的衣领，低吼道："所以你就把里面的钱全部都给他了？你什么时候做的事情，为什么不告诉我？"

"我不知道……姐……"他眼眶通红，眼睛里都是血丝。

我怒道："不知道是什么意思？"

"大概两个多月之前……学生会出去聚餐，那次我们玩得大了点，去酒吧了，然后我喝多了……姐，我真的不知道，我断片了那天……我醒过来的时候是在学校的宿舍里，我真不知道我那天……"

看他这副模样，我的心忽地软了下来。

还好，人没事，人没事就好。

钱没了可以再赚，人没了就什么都没了。

我松开手，重重地舒了口气。

我捡起地上的信封，问："这里面是什么东西？"

"是……那女的家里寄给我的照片。"

照片？

我打开信封一看，里面尽是些不堪入目的照片。

从拍摄角度来看，房间里还有第三个人。从照片的内容上看，花无缺虽然身上的衣服没有了，即便趴在那个女生的身上，但他明显是神志不清醒的，且可以说已经丧失了行动能力。

我下意识地看了纪清寒一眼。

他问："对方总共要五十万，你姐卡里有四十五万，还有五万，你是怎么解决的？"

"我问顾荆棘借的。"

顾荆棘？我眯起眼睛，细细思忖。

从花无缺口中的信息可以知道的是，他那天喝得断片，基本上已经丧失了行动的能力。失去行动能力的花无缺被人强行带去了宾馆，拍下了这些照片，又以这种形式狮子大开口地勒索，恐怕绝不会这么简单，十有八九是有预谋的。

“钱给了没有？”

“四十五万已经给了，还在等顾荆棘把剩下来的五万块打给我。”

我将照片塞进信封里，问：“那女的是谁？”

“是隔壁职校的，上个学期一直追我，我没答应，后来就不知道了。”

“名字。”

“江思思。”花无缺后知后觉地抬起头，一脸茫然地问我，“姐，你要干什么？”

纪清寒闷闷地笑出了声。

“你姐能干什么？”纪清寒朝我投来了赞许的目光，“当然是先会会那人再说。”

我发现我遇到的但凡名字是 ABB 式的女生，都没什么好东西。

方媛媛是典型代表，今天又来了一个江思思。

纪清寒打完电话过来找我：“我问过了，江思思，三年级，美术系。”

我点点头，进了职校大门。

刚走没几步，只见一个浓妆艳抹的女生走了过来，拦住了纪清寒。一月份的天气，帝都冷得吓人，她却穿着一件羊毛衫和一件薄薄的呢子外套。我上下粗略地打量了一番，D 罩杯。

她笑吟吟地说：“有事就找我，没事就不来？”

纪清寒向我介绍道：“何曼。”

我礼貌性地保持微笑：“你好，我是……”

“沈星芒。”她握住我的手，朝我眨了眨眼睛，“我知道你。”

纪清寒“嘁”了一声：“啰唆。”

两个人像是在交流什么暗号，我听不懂，只能跟着何曼去美术系找江思思。

“江思思啊，红人。”何曼意味不明地笑了起来，“上学期一直追着隔壁大学的男人乱跑，可惜对方没答应，恼羞成怒呢。不过江思思长得确实漂亮，你弟弟看不上，那眼光可真高。”

我淡定地回道：“我弟弟不是看模样选媳妇的人，他不喜欢不干不净的东西。”

何曼惊讶地望着我，又转向纪清寒，不知道是在想些什么。

走在路上时，纪清寒大概说了一遍事情的原委，此刻我和纪清寒站在教室门口等，何曼进去找人。

见到江思思的那一瞬间我就明白，不怪她倒追一学期追不上，只怪她长得太漂亮也太会打扮，也就是人们口中常说的，妖艳贱货。

花无缺完全不好那口。

如果非要在妖艳贱货里选一个的话，他可能会更喜欢何曼这种类型的大姐头。

江思思的身材相当曼妙，前凸后翘，皮肤白皙有光泽，可惜脸上抹了厚厚的脂粉，倒让人觉得庸俗无比。

她的樱桃小口动了动：“你们是谁？找我什么事？”

我朝纪清寒使了个眼色，他很快明白了我的意思。

“没什么事，就请你跟我们去个地方。”

她的眼里流露出半点机警：“我不认识你们，让开，我要回去了。”

我沉了沉，抓住了她，哼道：“那就由不得你了。”

江思思花容失色，可惜她那细胳膊细腿，折腾半天也挣扎不开。

“放手！放手你听到没有！我要告你们绑架了！”她的声音很尖锐，立马吸引了周遭不少人的视线。

我恶狠狠地瞪她，警告她:“你再不闭嘴，小心我拧爆你胸前的硅胶。”

02

身边的何曼毫不顾忌地大笑了起来，她冲着纪清寒直竖大拇指：“阿纪，你们家这位的战斗力简直爆棚了。”

江思思垂下头，大气儿都不敢出。

一路拽着她的手腕进了隔壁的医院，我松开手的时候毫不温柔，她被我甩到了墙角，后背磕了一下墙壁，“砰”的一声，格外清脆。

我指着妇产科的大门，命令道：“进去。”

她一脸惶恐地望着我：“你到底要干什么？”

“你肚子里怀的孩子是我弟弟的，是我们花家的血脉。”我直勾勾地盯着她，意识到她已经局促到了极点，我继而说，“进去。如果你怀孕了并且是我们花家的孩子，我一定让我弟弟负责。”

她不可置信地望着我：“你什么意思？你觉得是我诬陷你弟弟了？我一个女孩子被做了那种事，你还想要我怎样？”

我不想跟她说废话，重又拽起她的手臂往妇产科里走：“到底是诬陷还是真相，进去就知道了！”

江思思拼命地挣扎，捂着小腹不让我走，她用近乎癫狂的声音吼:“你不要碰我！我怀孕了！我要是流产了，我不会放过你的！”

我厉声道：“你要是流产了，我们花家好生养着你！”

“你……”

“你现在不进去也可以。七个月之后，我们准时在这里见面。到时候孩子出生，做了亲子鉴定，如果是我们花家的孩子，我们家一个子儿都不会少你的；如果孩子不是花家的，或者你没有怀孕，不要怪我把你做的那些事公告天下！”

江思思瞬间就失了力气。她眼巴巴地望着我，眼睛通红，眼眶里氤氲着水雾，像是要哭。

“什么事……”

我松开手，淡定地念道：“很简单。假如你肚子里的孩子是花无缺的，那么好，你欢喜我们花家也欢喜；如果你肚子里的孩子不是花无缺的或者根本就没有这么一个孩子存在的话，那么，更简单了。我会把你寄给花无缺的照片全部都公布到你们学校的校园网上去。那我想，到时候一定会有一个人的帽子绿得很闪亮。”

她听着听着，表情变了。

她先是茫然，转而变得不可置信。

“什么照片？”

我们三个人皆是一愣。

她走过来抓住我的手，问：“到底是什么照片？”

“你寄的照片你会不知道吗？”

“我从来就没有寄过什么东西给花无缺，更别提什么照片了！”她抓狂地往后退了几步，随后神神道道地从口袋里掏出手机，“我去打个电话，你们等一下。”说着，她走出了妇产科。

何曼朝门外努了努嘴：“不出去看看？不怕她跑了？”

“她肚子里的孩子不是花无缺的。”我笃定地开口，“而且她也被人摆了一道。换句话说，现在她和我们应该是同一阵营的。”

何曼点点头，问纪清寒：“你觉得呢？”

纪清寒的目光转向我，道：“她说的就是我想说的。”

何曼笑吟吟地望着我和纪清寒，没再说话。

我们三个人站在房间里相对无言，外面江思思的声音由最开始的低声耳语到后来逐渐变得尖锐和锋利。

我看见她站在楼梯口的位置，右手死死地握住手机，她背对着我，因此我无法知晓她脸上的表情，但从她颤抖的声音来看，我猜她现在的表情一定不好看。

“这跟我们事先说好的不一样！你不是说能让我和花无缺在一起吗？为什么给他寄照片要挟他？你要了多少钱？”之后她沉默了好一阵，随后道，“你们到底想做什么？花无缺的爸爸是政治圈的人，你想置他于死地吗？”

我的神经也随着她对话的内容逐渐紧绷。

最后，江思思耷拉着脑袋走了进来，她的脸上没有了刚才的光彩，她垂着头，声音很小：“我怀孕了，孩子我也不知道是谁的。有人告诉我，我可以借此机会追到花无缺，按照他的性格，他一定会和我在一起的。”

“那个人是谁？”

她摇了摇头，道：“我也不知道。他一直是用网络电话联系我的，我也不知道他叫什么名字，听口音应该不是北京人。其他的我真的不知道，我只是按照那个人的意思告诉花无缺我怀孕了，是他的孩子。至于你口中的照片，我也是到现在才知道的。”

我看了看何曼，她了然地给了我一个肯定的眼神。

江思思没有说谎，她的确是被蒙在鼓里的。

人们常说，胸大无脑，此话不假。可惜了这明明是丰的胸，偏偏还是没有给她长点脑子。

我拍了拍江思思的肩膀，轻声道：“如果你找不到孩子的父亲，我不建议你留下这个孩子，你没有能力担负起做母亲的责任，就凭你现在的脑子。”

临了要走，我还是忍不住折了回去。

“但我要告诉你的是，即便身处无穷无尽的黑暗，也永远不要放弃希望。余生一定会有更糟糕的事情发生，但除此之外，人生的其他时刻都美妙无比。”

她眼泪汪汪地望着我，拉着我的衣角问：“你不怪我吗？”

“你给花无缺上了一课，也给我们所有人上了一课。我感谢你。”说罢，没有再逗留，我离开了医院。

等出租车的空隙，何曼问我要去哪里。

“我刚才找过了美团上的宾馆照片，找到了拍摄照片的那家宾馆的地址。花无缺和江思思这么大的两个活人不可能飞进去，只要调出门口的监控录像就能知道带着江思思和花无缺进宾馆的人是谁了。”

何曼对我赞不绝口，她向纪清寒竖起了大拇指，笑道：“你真是捡到宝了，阿纪。”

纪清寒撇撇嘴，不予置辩。

然而在调出监控录像的那一瞬间，我全身上下的神经像是瞬间都断掉了一般，我愣愣地站在宾馆的电脑前，呆若木鸡。

纪清寒让对方把监控录像关掉，拉着我就要走。

“松手。”我冷冷地警告他。

纪清寒转过身来，漆黑的眼睛紧紧地盯着我，他绷着脸，万分严肃地警告：“不许去！”

“我必须要去。”

“你就不能听一句我的吗？”

“你真的了解我吗？你了解我，就不会阻拦我。”

纪清寒不说话，我也不吭声，我们就这么沉默了几分钟，直到何曼从隔壁的煎饼铺子买了两个煎饼过来。

“喏，吃煎饼。”

“我不吃了。”我将煎饼塞给了纪清寒，“我还有事，先出去一趟。”

“吃掉。我跟你一起去。”

我乜斜了他一眼：“不用，我自己去。”

他跟在我后面，将外套的纽扣扣好，示意何曼先回去。

我转过身去，不满地说：“你不要跟着我。”

他快步走到我身边，既不看我，也没什么反应。纪清寒吸了吸鼻子，吐了口气道：“三年前没跟着你，直到今天都后悔。”

我错愕地扭过头去，只见他用宽大的手掌包住了我的手，顿时一股暖流从掌心蔓延到身体的每一个细胞。

他笑了起来：“所以这一次，沈星芒，我再也不会丢下你了。”

03

我一直后悔，没有借着那一天的胆子问纪清寒，三年前的那一天为什么不来。

三年前为什么抛下我，三年后又为什么抓紧我？

下了出租车，我和纪清寒站在公寓楼下的过道里，我拉开单元的大门，问他：“你要一起上来吗？”

“我在楼下等你。”

我关上单元的门，沉重的铁门“砰”的一声合上，将门外的阳光悉数隔绝。

许朝高考考来了帝都，他父母是开网店的，把 C 市的房子卖了，在他学校附近买了个房子，住了下来。

房门被拉开的那一瞬间，我意识到对方的脸都青了，随后中年妇女扯着嗓子，指着我的鼻子喊：“你来这里干什么？你滚！”

我冷静地说道：“我不是来找你的。”

“你来找小朝？你害他害得还不够惨？你滚吧，他不会见你的！”

我微微一笑，淡然道：“许朝会见我的。”

他一定会见我的。

许朝闻声走到门口，看见我的时候，他的眉头微微动了动，而后他从鞋柜里拿了一双拖鞋放在地上对我说：“进来吧。”

“小朝！你怎么能让她进来？你忘了她怎么害你了……”

“妈，我知道应该怎么做的。”

其实我明白，我和许朝之间还有些话没有来得及说完。

他去厨房给我倒了一杯绿茶，他请我坐下来，我没客气。

我抿了一口茶，道：“你其实不用跟我客气，你并没有什么对不起我的地方。”

“手术结束出院的时候，我很想去看你，但是他们都说你死了。”他走到我面前的沙发上坐下，想了想，他又说，“我知道你在学校里，但是我没有勇气面对你。”

我粗略地打量了一下他的房间，很简单的陈设，并没有什么不一样的地方，看来他恢复得还不错，并没有留下什么阴影。

“你没有勇气面对的应该是九九，不是我。”

他一时不知应该说些什么。

和三年前比起来，许朝瘦了很多，也戴上了眼镜，和三年前不学无术的篮球社社长完全判若两人。

我看了看他桌上的东西，问：“你学医了？”

“嗯，我进学校的时候改专业了。”

“挺好。治病救人，行侠仗义。”

他穿着居家的服装，整个人看上去精神状态不是很好，不知道是不是刚才江思思的那一通电话扰乱了他的心情。

他站起身，走到窗户边，背对着我，轻声道：“花藻，我知道你来找我做什么……我欠你很多东西，但我们全家欠那个人的更多。”

我一瞬间就了然了。

许朝的身世我有所了解，父母都是下岗职工，后来在永生集团打工之后赚了点钱，自己出来开网店。如果说有谁给过许朝一家恩惠，能让他心甘情愿做这些事情的话，我想，只有顾家了。

许朝沉默了很长一段时间，末了，他郑重地告诉我：“他答应我了，这是我为他做的最后一件事情……花藻，我说真的……”

“不用向我承诺，许朝。”我站起身准备离开，“人活在世上都有苦衷，三年前你纠缠九九，三年后你要挟花无缺，不论你是为了谁做的事，你都会为此付出惨痛的代价。”

不信抬头看，苍天饶过谁。

所以顾荆棘，我们看看，苍天究竟饶得过谁。

在给顾荆棘打电话之前，我试着把所有的一切都梳理清楚。我很清楚地意识到，顾荆棘百般纠缠我并不是出于喜欢，不仅是因为我从他的眼里看不出半点情意，还有，他跟花无缺的这件事脱不了干系。

按照花无缺之前跟我说的，他和顾荆棘的关系匪浅，三年同窗，理应是好哥们的关系，没想到潜藏在这层关系下面，竟还有这样的行径。

我起初以为，顾荆棘对我示好是因为我是花无缺的姐姐，他对我多少有些照顾，但我没想到，这件事竟可能会是顾荆棘一手操控的。

他利用学生会的聚会设计了花无缺和江思思，为了不露面，利用了许朝，又以江思思的名义要挟花无缺，卷光了我父亲的存款。可以肯定的是，顾荆棘不缺钱，那么他千方百计做这些，不单单是为了钱，一定还有更深的原因。

更深的原因是什么，目前我还不得而知。

当然这一切目前还只是我的推断，我无法完全确定这一切一定完全都是顾荆棘的意思，即便他的行为举止的确让人匪夷所思，包括纪清寒对他的态度以及许朝对我透露的那些信息，我也不能完全肯定自己的推论。

我只知道，有一张无形的网将我困住，我几乎窒息。

这是一场比三年前更为可怕的浩劫。

我突然想起纪清寒那天问我的，即便这个答案很危险，你还是想要知道吗？

纪清寒啊，我已经无路可退了。

我没想到的是，在我准备给顾荆棘打电话的时候，他主动联系了我。

他说：“周末是永生集团周年庆，准时参加。”

我回：“我有事要问你。”

“好啊，当我的舞伴，我就把你想知道的事情全部都告诉你。”

我想了想，答：“好，我答应你。”

大致处理好北京的事情之后，我准备回 C 市。

临行前何曼来找我，纪清寒在取票，何曼朝我挥了挥手，示意我过去。

“我下个月实习，到时候去 C 市哦。”

我点点头道：“热烈欢迎。”

“你在永生对不对？”

“嗯，是的。”

她把当作是披肩穿的呢子外套穿好，离我近了些。

“纪清寒护着你，可我瞧上一眼就知道你的性格。阿纪不善言辞，有很多话他可能不会跟你说。他让你离顾家那小子远一点是怕你受伤害，阿纪对你是真的好。”

我摇摇头，解释道：“我和纪清寒不是那种关系。”

何曼朝我眨了眨眼，意味不明地笑了起来：“现在不是，以后迟早都是。”

我没有跟她在这个问题上多说，而是转了另一个话题。

我忽然想起一件事，便对何曼开了口：“有件事我要拜托你一下，何曼姐。”

何曼比我和花无缺大上两岁，出生的月份小，之前又因为某些事情留级了一年，这才和花无缺同届。

“你说。”

“花无缺在北京，麻烦你多照顾些，我就这么一个弟弟，是个宝贝。”

她点头表示应允。

“你刚才问我是不是在永生，怎么了？”

“你想知道的全在永生。与其看你像只无头苍蝇似的乱跑，倒不如给你指一条路。既然不论如何你都会去撞南墙，我也不会像阿纪似的硬拉着你。”她看见纪清寒朝这里慢慢地走过来，笑得更加灿烂了些，“从顾永生的第一任妻子身上下手。”

她话刚说完，纪清寒就走到了我的眼前。

“走吧。”说着，他朝何曼挥挥手，拉着我进了安检。

04

永生集团的周年庆在大 BOSS 的家里举办，也就是顾荆棘家的独立别墅。

像小说和电视剧里写的那样的私人大泳池我倒还是头一次见，私人泳池旁边摆了一行长桌，淡蓝色的桌布上整齐摆放了五颜六色的香槟。

九九带着我进了门。

这是我第一次来九九的新家，心里五味杂陈。

直到今天我还记得初中毕业的时候，九九在她妈妈婚礼上的那一场闹剧，也不知后来在这个家里她究竟是如何自处的。

我着实有些惊讶地想起来纪清寒曾经对我说的话。

他说九九喜欢顾荆棘。

“阿……星芒。”九九给我递来一杯可可。

我接过杯子，哼了一声道：“你可以叫我阿藻。”

“阿藻。”她笑了起来。

这是阔别三年之后，九九第一次在我面前笑。

我们总是执着于过去的一件事迟迟不肯放手——许朝无法释然三年前那场意外，九九无法释怀我为她挡下的所有灾难，而我，已经能放下所有的一切，唯独放不下纪清寒。

造化弄人，这世间万千苦难，唯独逃不过“亏欠”二字。

有了亏欠才有了念想，有了念想才会念念不忘，无法释怀。

许朝亏欠陆九九一个答案，九九亏欠我一段青春，那我究竟亏欠了纪清寒什么？又亏欠了顾荆棘什么呢？为什么我要和这两个人紧紧缠绕，我不明白。

“我带你到里面去逛逛。”

我跟着九九一路往里面走，正巧碰见顾荆棘从房间里走了出来。

今天的顾荆棘穿着一件黑色的西装，西装的边角上有一圈亮片，西装被熨烫得一丝褶皱都没有，将他的身子衬得格外颀长。

我下意识地瞥了一眼，顾荆棘的房间是在二楼楼梯右手边第二间的位置。

九九念道：“哥。”

顾荆棘没有理睬九九，而是把目光放在我的身上，他黑曜石般的眼睛锁住我，他说：“北京的事情处理好了吗？”

“处理好了，谢谢关心。”

他知道我去北京了。

我去北京是周末，没有请假，顾荆棘这就知道我去北京了，消息传得可真快。

我在心里笑了一声，真是不能小看了顾荆棘。

不过听顾荆棘这口气，他的确是跟江思思那件事有关系，而且他也不打算对我隐瞒，就像是他已经设好了陷阱就等我往里面跳了，这种感觉让我有一闪而过的不安。

九九不解地问我：“你去处理什么事了？”

“小事。”我看着顾荆棘，他波澜不惊的脸上没有露出丝毫的端倪，我解释道，“我去北京看了下花无缺。”

提到花无缺，九九的脸瞬间就暗淡了下去。

三年前出事之后的第二天早上，花无缺去找九九，让她出来说明真相，向来都骄傲无比的九九在这件事上尿了，所以我就这样，几乎算是顶上了杀人犯的罪名。

花无缺恨陆九九，可我却不恨，花无缺不明白，但我明白。

三年前做决定的时候我有丝毫的犹豫，可是我承诺过，绝不让九九受到一丁点伤害，是因为她曾绝望地告诉过我，她只有我了。

你看我多傻，到最后一无所有的人，不是九九，是我啊。

在别墅里晃了一圈，大概摸清了顾家的地形以及每个人的房间。

何曼上次告诉我，要我从顾永生第一任妻子身上着手。顾永生的第一任妻子也就是顾荆棘的生母。从顾荆棘对九九的态度能看出顾荆棘和九九妈妈的关系不会和睦，九九妈妈和顾永生那里自然不会有顾永生前妻的信息，多半是在顾荆棘那里。

二楼楼梯右手边第二个房间，我再次回忆了一下顾荆棘的房间位置。

随后我跟着九九下了楼，回到周年庆宴会的主场。

已经是傍晚时分，灯火亮起，将整个别墅照得里外通明。

先是顾永生的致辞。

顾荆棘长得和顾永生完全不一样，看来顾荆棘的好基因基本上都是遗传了他妈妈的。顾永生旁边站着九九的妈妈，宋琴。

宋琴原来是顾永生的秘书，谁知她就这么爬上了老总的床，狗血得不能再狗血的小三上位剧情。顾永生的第一任妻子死后，宋琴就这么堂而皇之地成为顾家的女主人，几年后名正言顺地嫁给了顾永生，成为永生集团的董事长夫人。

不论外人在背后怎么辱骂九九的妈妈，在前头总得恭恭敬敬地叫一声顾夫人。大多的恶语都是源于妒忌，得不到所以只能诋毁。不管宋琴是以什么样的方式爬到了今天的位置，光明正大也好，肮脏卑劣也罢，她都是赢家。

九九作为主人，跟我暂时分开。我站在大厅靠边的位置，一边吃着纸杯蛋糕，一边找寻除了正门之外的其他出口。

在通往洗手间的门那头，有一条走廊可以离开会场，打开门是花园，花园的西边可以直接通到别墅里面去。

大厅里传来轻柔的钢琴曲，我返回大厅，看见顾荆棘坐在钢琴前，手指在黑白两色的琴键上游动，如行云流水一般，浑然天成。

九九身着艳烈的红色抹胸长裙，站在钢琴旁边，风姿绰约，吸引了在场所有人的视线。

从小到大，九九就是这样的存在。

她可以骄傲地接受所有人的喜欢，却唯独少了顾荆棘的，大概正是因为如此，九九才对顾荆棘格外介怀吧。

我和九九则是完全不一样的性格。

她嚣张跋扈，我胆小如鼠。

斗转星移，万物变迁，谁都没有想到我和九九会变成现在这样。她对我心怀愧疚，我的心也不复柔软。

所有人都说销声匿迹了三年的我死了，的确如此，花藻死了，生存下来的是吞噬掉花藻的沈星芒。

我从未后悔我三年前做的决定，如果再重来一次，我一定还会这样选择。即便痛苦是我承受，至少，我再也没有亏欠任何人。

顾荆棘上台致辞，我拿了一杯暖茶，捧在手心里焐暖。

他像是狙击手似的，飞速地在人群中搜寻到我的影子。

我还没能看穿他下一步想做什么，但已经有一股不安疯狂地向我逼近。

顾荆棘站在距离我几十米的地方。

他漆黑的眼睛锁住我，我无处可逃。

“大家好，我是顾荆棘。”

他站在台上，光芒万丈，旁边一群小姑娘偷偷议论，满脸绯红。

顾荆棘满意于这些女人的反应，继而道：“非常感谢各位赏脸光临，希望各位今天都能在寒舍尽兴。”

听说永生周年庆的规矩是龙太子要跳开场舞，所以开场舞的女伴就显得格外令人瞩目。去年好像是 A 市大亨的独女，前年是某政界精英的女儿，怎么都是光鲜亮丽的货色。

所以当顾荆棘走到我面前的时候，我怔住了。

我知道顾荆棘今天邀请我做他的女伴，但我没想到是开场舞的舞伴。

周遭有人在议论：

“这人谁啊？”

“今年应该是冯家的千金吧？怎么是这个女的？”

“谁知道呢，看人家大少爷心情呗。”

顾荆棘朝我努努嘴，道：“来吧。”

我静静地望着顾荆棘，他掩饰得太好了。如果不是他在抓住我的手的那一瞬间故意将我拉近贴在他的胸膛，我差点以为他只是要跟我跳支舞而已。

我被他紧紧地捏住手腕，不得动弹。

他迫使我靠近他，然后凑到我的耳边，用只有我们两个人才能听到的声音说道：“你最好不要乱动，安安静静地陪我跳完这支舞。”

“你到底想干什么？”

“我想干什么？你不是想知道些东西吗？跳完这支舞我就告诉你。”

没有人看出我的动作是多么生硬，他们眼里看到的恐怕都是顾荆棘对我暧昧不已的动作。

“是你做的吧？”我问。

“什么？”

“你知道我在指什么。”

他勾起唇角，将额头抵在我的额头上，启唇道：“是啊，就是我做的。”

“为什么？”

“别急，跳完。”

在钢琴敲完最后一个音符的时候，我忍无可忍地推开了顾荆棘。他的每一个动作，全身上下的每一个地方都让我作呕。

为什么要大费周章地做这些事？既然花费了这么多的心思，为什么又毫不掩饰？

我正想着，忽地会场的大门被拉开，炫目的灯光照在外面碧绿色的室内泳池上，一大拨穿着比基尼的美女开始跳舞，大厅里的人群纷纷往泳池走去。

我转过身去找九九，找了好几圈都无果，我在泳池的边角处找了个位置站定，与吵嚷的人群保持距离。

就在我刚站稳还没几分钟的时候，突然有一只手在我不注意的时候用力一推，在我来不及反应的空隙，那只手直接将我推入了泳池。

“啊！”

冷水漫过我的头顶，我扑腾着试图保持清醒。

水深约有两三米，而我不会游泳。

混乱中有人叫："有人掉下水了！"

又是"扑通"一声，似乎有人跳下了水。

随后人头攒动，我只记得有一双手温柔地将我托起，睁开眼睛的那一瞬间，我看见了顾荆棘的脸。

他站得挺直，双手侧抱着我，臂膀坚硬而有力。

他干净的黑色西装被我身上的水弄湿了。顾荆棘走了出去，同他父亲打了个招呼："我带她去换衣服。"

我在所有人艳羡的眼光中上了楼。

05

"放我下来。"确定没有人会看到，我冷冷地开口。

他恍若未闻："带你去我房间换衣服。"

也好，省得我大费周章地混进顾荆棘的房间。我没再拒绝。

顾荆棘的房间是黑白灰三色调的，里面很少有暖色的陈设，黑色的书桌上放了几本法律学的书，还有一个精致的白色笔筒。

一个男人的房间能干净成这样，真是奇迹。

床是黑色的，床单是蓝色的，床头柜上放了一个日记本，还有一张照片。

我仔细地端详着照片，这张照片有一定年岁了，是一张合照。

从照片上顾荆棘的年龄上不难看出，这张照片最起码有十年时间了，而他身边站着的那个人，应该是他的母亲。

踏破铁鞋无觅处，得来全不费工夫。

我对那本日记本充满了好奇。

“你先洗澡吧，我去给你拿件干净的衣服。”说着，他带上门走了出去。

顾荆棘的卧室里有独立的浴室，我蹭干了湿漉漉的双手，再次确定顾荆棘已经出去之后，小心翼翼地翻开了那个日记本。

扉页是顾荆棘的字迹，他写字的力气很大，透到了后面一页。

我深吸了一口气，轻轻地往后翻。

然而结果让我大失所望，除了首页有顾荆棘写的字之外，后面的每一页都是空白的。

我拧起眉头。

为什么在床头柜上摆着一个空白的日记本？是没有来得及写吗？还是……

“放一个空白的笔记本在这里，就是为了等你来看的。”

是顾荆棘！

我转过身，还没来得及说话，就被他一把扯了过去，重心不稳的我直直地向后倒去，直接栽到他的床上。

顾荆棘欺身而下，重重地压在我的身上。

我的双手被他死死地禁锢住，动弹不得。

我在他的身下，双腿被他压着。他一只手按住我的手腕，另一只手狠狠地捏住我的下颌，逼迫我与他对视。

他眯起眼睛，满是危险的意味。

“就这么想爬上我的床吗？”

“顾荆棘！”我低吼，“你放开我！”

“你不是很想知道吗？你把耳朵竖好了，接下来的话，你一个字都不要漏。”他加大了手上的力度，像是在宣泄积压在身体里的不满与愤怒，

“你不是很想知道我为什么要对花无缺做那些事吗？我告诉你，沈星芒，是因为你。”

我不可置信地瞪大眼睛：“你什么意思？”

“听不懂？”

“你说清楚。”

他冷笑了起来：“好。听不懂是吧，我说清楚。沈星芒，哦，不，花藻，你的父亲花敬厚害死了我的母亲。而你，差点杀了我最好的兄弟。你觉得我应该对你心存感激，还是恨之入骨呢？”

他口中说的我差点杀死的人是许朝，可是我父亲为什么会害死他的母亲呢？

这不可能！

“你胡说！我父亲不可能害死你的母亲！”

“是啊，人人拥护的大外科主任花敬厚怎么会害人呢？嗬！”

“我父亲已经去世了，请你尊重他！”

他抓住我的肩膀，低声怒道：“你父亲去世了，那是罪有应得。我母亲呢？我母亲凭什么要因为你父亲的自私赔上性命？”

“所以这和花无缺有什么关系？他是无辜的。”

他沉默了很久，久到我以为他不会回答我的问题。

谁知他突然俯下身，吻住了我颤抖的双唇。

与此同时，我听见房间门口传来轻微的声响。

“哥……”然后是东西掉落在地上的声音，门被虚掩上。

九九……是九九。

顾荆棘松了手。

我狠狠地推开他，等我站起身的时候，九九已经走了。

“顾荆棘！”我忍无可忍地甩了他一个耳光。

我捂住发痛的右手，抬眸怒道：“卑鄙！无耻！”

顾荆棘攥住了我的手臂：“沈星芒，这是你欠我的。”

“你简直有病！”

“有病的是你才对吧？你以为三年前你用精神病的理由逃脱了法律责任，就会平安无事吗？沈星芒，你父亲欠我的、你欠我的，我会统统从你身上要回来，一个子儿都不会少。我会一点一点、慢慢地送你去地狱！”

他慢条斯理地说出这些话，好像只是一些无关痛痒的闲话。

我愣愣地看着他，仿佛是在看一个完全陌生的怪人。

生于阴暗潮湿角落的荆棘，是他的名字；刺痛别人而扬扬自得的荆棘，是他的本性。

我想告诉九九，九九啊，你看错人了。

冷不丁他的房门被人从外面踢开，我回头一看，几乎要惊呼出来。

纪清寒就这样堂而皇之地出现在顾荆棘的房间里，只听见“砰”的一声，他一拳打在顾荆棘在脸颊上。

他把我护在身后，用降至冰点的声音与顾荆棘对峙：“如果你敢，我会打爆你的头。”

我的肩膀紧紧地贴在纪清寒的后背，我甚至能感觉到他剧烈的心跳。

顾荆棘的脸颊烧红，上面还留着纪清寒刚才的杰作。

纪清寒伸出舌头舔了舔嘴唇，一副和三年前一样桀骜不驯的姿态，他冲上去一把揪住顾荆棘的西装领口，动作粗鲁暴戾，并不打算给顾荆棘留活路。

“你妈死了，那就去找你妈死了的原因，把自己的痛苦强加在毫不相关的人身上，别借着所谓的亏欠来伤害别人，你不配！”他将顾荆棘逼到墙角，声音冰冷决然，“离沈星芒远一点！”

说完，他抬脚，走过来撇嘴道：“还不走？”

我愣愣地看着纪清寒。

“要我抱？”

我赶忙回了神。

纪清寒伸出手拉住了我的手腕，这一次的动作和之前比起来要温柔得多，我一言不发地跟在他身后，跟着他一路从侧门离开了顾家。

一月的寒风吹在身上，此刻是最冷的季节，我的心似乎也被这风吹冷了大半。

昏黄的路灯下，我和纪清寒的影子重叠在一起，像是两个紧紧拥抱的灵魂。

而我，在那一瞬间，是多么希望纪清寒能拥抱一下我。

可他没有，他甚至用暴怒的声音指责我：“为什么要这样做？”

为什么要这样做……是啊，我为什么要这样做呢？

如果不是因为何曼的一句“顾家也捆绑了我们三个人的命运”，我一定不会这样做。

“每一次都是这样斥责我，问我为什么要做这些，却从不问我心里的感受。”我望着他，胸口如同被千万利刃刺穿，疼得我几乎喘不过气来。

他的语气软了下来：“冷吗？”

我吸了吸鼻子，念道：“不冷。”

我这才发现他全身上下也湿透了。

我想起来，顾荆棘身上的衣服是干的，那么刚才跳下水的人不是顾荆棘……是纪清寒！是他跳下水救的我！

顾家和纪家是有些交情的，纪清寒出现在这里不奇怪。

原来是他啊！

“你呢？”我问他。

他抖了抖肩膀，道：“不冷。”

很多关于面前这个人的思绪在我脑海里翻来覆去，像是绕在一起的毛线，无法理清。我身上的毛衣还在淌水，滴在马路上，可我一点也感觉不到冷。

我想问他。

我现在就想问他……

我一定要问他。

“纪清寒，三年前的那天晚上，你为什么没有来？”

我没有提是哪天，他很快就反应过来了。

他声音喑哑：“那天我没有去找你，我后悔了三年。”

那天，是我死灰般的人生开始的那一天，是我永远不愿回忆的那一天。如果纪清寒在那一天恰到好处地出现，我一定不会颠覆自己的命运。

哪怕他给我一个否定的回答，只要他出现，我的命运就会彻底更改。

再也控制不住自己的情绪，我蹲下身，蜷缩在路灯旁，抽噎出声来。

“纪清寒，如果那天晚上你来找我，我一定会告诉你，我喜欢你。”

他湿漉漉的黑色运动鞋出现在我的视线里，就在我的脚边。

他蹲下来，过了很久很久，他伸出手抚摸我的脑袋。

“那我会回答，阿藻，我也是。”

第五章
/ 流浪 /

01

在灰烬里，还有一束微弱的烛火，是纪清寒的手。

我靠在路灯柱子上，抬起头来，在模糊的视野里，我看见了纪清寒的脸。

他叹了口气，将我从地上拉了起来。

他的手掌温暖又宽大。

我闷声道："全世界的人都知道你喜欢陆九九。"

"全世界都知道我喜欢你，只有你不知道。"

我望着纪清寒的眼睛，在漆黑冰冷的夜里，他的眼睛璀璨又炽热。

我不明白，纪清寒怎么会喜欢我呢?

他见我毫无反应，声音柔了下来，道："我怎么会喜欢陆九九呢？"

"你每天都给她带早餐……每天都要送她回家，经常约她出去玩……还有，他们都说你喜欢九九，但是九九不喜欢你……”

他笑了起来：“是啊，陆九九的确是不喜欢我。”

“嗯。”我闷闷地应道。

“哪一天的早餐没有你的份，后来你说你在家里吃，我这才不买给你了。每天都送她回家，是因为你和她有一段路顺路，今天还是我第一次来她家。经常约她出去玩，每一次我都说，叫上花藻吧。”

他一字一顿，清晰无比。可我还是不明白。

这太牵强了，这怎么会跟我有关系呢？！

我往后退了一步，正抵在电灯杆上，我仔仔细细地望着纪清寒，生怕遗漏了他脸上一星半点的端倪。

没有无缘无故的喜欢，我不明白纪清寒为什么现在要说出这样的话。

“他是真的喜欢你，从很久很久之前。”

声音的来源让我有些不可置信，我扭过头去，看见了宋真。

她围着厚厚的灰色围巾，大半个脸被遮住了，只留下一双清澈透亮的眼睛。她站在距离我不到十米的地方，说：“他喜欢你，真的。”

“你这么会在这里？”我问。

宋真走到我面前，道：“我爸爸之前是永生集团美国分公司的高管，现在调回国内了。今天永生周年庆，我来找我爸爸。”

我了然地点头。

纪清寒朝宋真打了个招呼：“好久不见。”

宋真腼腆地颔首：“你好。”

知道我不了解内情，宋真继而解释道：“之前在学校食堂的那天中午，我就看到 Jim 了，可是当时没有来得及跟你们打招呼。”

Jim 应该是纪清寒之前在国外留学时候的名字。

啊，大学之前，宋真也是在美国上学的，我这才想起来。

也就是说，之前宋真和纪清寒是认识的?

“在国外的时候，我和 Jim 是校友。”

纪清寒没有插嘴我和宋真的交谈，只是在适当的时候对宋真说了一句：“你开车了吗，她全身湿透了。”

“我开车了。星芒走吧，我开车送你回去啊。”

宋真的车停在不远处，我上了车，纪清寒朝我挥手：“你先回去吧。”

我拉住他的手：“我那里有一套花无缺的衣服，你应该能穿。”

我撒了个谎，他没拆穿。

我怎么会有花无缺的衣服，我从精神病院出来之后，两手空空，之前的房子卖了之后，我只带走了纪清寒的钢笔，其他一些东西全部都给花无缺了。

一路上，我们三个人都没有说话。

顾家的别墅距离我租赁的小公寓不远，我下了车，掏出钥匙打开公寓的门。

纪清寒在客厅，宋真从我的衣柜里找了套干净的衣服送进了浴室。

水流声中，我听见宋真开了口。

“在旧金山上学的时候，有很多女孩喜欢纪清寒。那时候他十七八岁，喜欢他的有熟女也有小姑娘，还有胆大一点的女生直接往他的包里塞避孕套，可是纪清寒从来没有和任何女孩有过牵扯。”

我关了水，拿出毛巾擦拭湿漉漉的身子。

浴室很安静，我和宋真隔着一扇磨砂玻璃门，因此我看不见宋真的表情。

她的声音还是和以前一样，暖暖的：“直到有一天，听说他在旧金山的商场里救了一个女孩，后来他不顾导师的规劝，回国了。纪清寒在美国的时候成绩很好，所有的老师都看好他，没想到他放弃了到手的保送资格，回到中国重读高三。

“听起来很荒谬是不是？我也觉得很荒谬。和纪清寒比起来，顾荆棘的那点成绩真的算不上什么，Jim 是我见过最天才最有思想的男生。

“我不知道他为什么回国，偶尔有一天我听别人说，他留在美国是照看他母亲，后来他母亲病情稳定回国了，他也就一起回去了。

“我之前见到很多女孩在 Party 上向 Jim 献殷勤，但是他不为所动，后来有一天他被同班的几个男同学灌醉了，他钱包掉了出来，里面有一张画，是一个女孩。有人偷偷拍了照片，是他自己画的肖像。刚开始看见你的时候觉得你眼熟，后来想起来，虽然你长得和他画的不太像，但是右手掌心的那颗痣是一样的。是你吧沈星芒，Jim 喜欢的人是你呀。”

手中的毛巾掉在地上，我胡乱地穿上衣服，夺门而出。

我愣愣地看着纪清寒。

他记得……

原来他都记得……

“我们第一次遇见……”

“是在十一年前。”他答得很快，没有半点迟疑，“在市中心医院，你父亲给我母亲做了一台手术。”

在那一瞬间，身体都好像不是我自己的，我看见他的嘴唇一张一合，每一个字都如千斤重直直地撞在我心底最柔软的地方。

我捂住脸，崩溃地靠在墙壁上：“为什么不告诉我？”

“回国的时候，我是带着任务回来的。带着三条人命，我回到 C 市，不是为了谈情说爱的。在顾永生的婚礼上，我认出你了，可我不能说，因为你是九九最好的朋友。”

我想起何曼说的，顾家涉及的不单单只有我父亲，还有纪清寒、何曼和姜桉。

难道他接近九九是有目的的？

我蓦地瞪大了眼睛，又听见他说：“一开始我的确是想从陆九九身上下手，后来我放弃了。第一，她和顾永生没有什么直接的关系，她是无辜的；第二，她不知情，从她身上也查不到什么东西。”

“你利用了九九？”

“我曾经很想利用她，但是我失败了。”

身后的门不知什么时候关上了，宋真走了。

我走到纪清寒的面前，拉住他的外套领口，质问道：“纪清寒，回国的每一天，你是不是都爱着我？”

他漆黑的眼睛紧紧地盯着我，他启唇道：“是。”

“我这三年在精神病院，你是不是也每天都在想我？”

“是。”

“纪清寒，你爱了我多久？”

他连眼睛都没有眨一下，脱口而出：“十一年。”

他说，从我十一岁那年在医院遇到你的那一天起，到现在，沈星芒，我爱了你十一年。

“纪清寒，你真孬！”我笑了起来，笑着笑着眼泪开始往下掉。

他伸出手擦掉我脸颊上的泪水。

“不要哭了。”他说。

“全世界能让我哭的人，只有你一个了。”

他捧着我的脸，头抵在我的额头上，轻声道：“从今往后，我再也不会让你哭了。”

此刻我和纪清寒靠得这样近，只要我伸出手，就能拥抱他。

我颤抖着双手，说：“全世界……”

“嗯？”

“三年前的那天晚上，我原本想对你说，全世界，我只喜欢你。”

在我拥抱纪清寒的那一刻，他笑了起来：“阿藻，我也是。”

02

公寓里没有纪清寒能穿的衣服，我从柜子里找出一条干净的浴巾放在浴室里的椅子上。纪清寒洗完澡出来，只用浴巾裹住了下身，上身暴露在我眼前，活脱脱是指着脑门在问我，说吧，要不要犯罪。

我想犯罪。因为纪清寒的身材真的太好了。

其实纪清寒是瘦的，一米八几的个子只有一百四十斤不到，可是该健硕的地方也有肌肉。

他黑色发丝上滴下来的水珠渗进了乳白色的毛巾里，还有一部分水珠顺着脖子往下，停留在锁骨，很性感。

我别开视线，还是抵挡不住脸颊烧得滚烫。

他却故意走到我的面前，佯装是无意地问我：“吹风机在哪里？”

我看见他身上好看的肌肉线条，咽了咽口水，试图让自己看上去和平常一样：“这里没有吹风机，你等它自然干吧。”

纪清寒便不再说话。

我们就这样干坐了十多分钟，直到敲门声响起，纪清寒去开门。

敲门的是房东，他裹着棉衣，身上的烟酒味很浓。他拧着眉毛看着纪清寒，一脸猥琐："你是谁？"

"我是她男朋友，你什么事？"

之后两人说了什么我没仔细听，只知道纪清寒关上门，让我从这里搬出去。

"这里距离单位比较近，而且房租也比较便宜。"

他叹了口气，道："你以为你在永生还待得下去吗？"

我想起在顾荆棘的房间里，他对我说，绝对不会放过我。我摇了摇头："就算是悬崖峭壁我也要往前走，纪清寒，咱们都毫无退路。"

他没再固执，看了眼手表，催我去睡觉。

纪清寒的衣服还没烘干，今天肯定是走不了了。他让我去睡床，他一会儿睡沙发。

我走到卧室里，临了要关门，我朝他挥了挥手："你……要不要跟我一起睡？"

我的脸颊烫得厉害，脚指头蜷缩着，等他的回应。

他愣了愣，随后道："没有多余的被子吗？"

"没有。"

他想了想："那好吧。"

我安分地睡到了天亮，醒来的时候，纪清寒已经不见了。他很早就走了，给我留了便条。永生那边，顾荆棘没再特意来找我。

几天后，纪清寒到我租的公寓来，把我的东西都收拾好，二话不说就要带我换地方。

"这是我的房间。"他打开自家的房门，把我的东西都搬了进去，继而道，"以后你就住在这儿吧。"

后来我才知道，纪建国在外面找了个女人，纪清寒不在C市，他也懒得回来，就住在那个女人那里。

之前在C市，我出精神病院之后，第一次与纪清寒打照面，他抢我的包进警察局，是跟他爸宣战，他绝对不允许这个女人进自家大门。

纪建国自然是对这个儿子无可奈何的，也就没再提要跟那个女人结婚的事。

他关上门要走，我问："那你呢？你住哪里？"

"我睡他房间。"

每天早晨他给我准备好早餐，送我去上班，下午接我回来，日子就这样相安无事地过了半个月。快到除夕时，花无缺回来了，我在车站等他，结果意外地发现何曼和姜桉也在。

花无缺考研结束，考回了C市，何曼来这儿上班，姜桉回来找纪清寒。

何曼看到我，眼睛都笑弯了。她披着一件浅咖色的毛呢围巾，笑起来活脱脱是个绝世美人："星芒，看来我预言得没错。"

纪清寒还拉着我的手，我生硬地想抽开，他却握得更紧了些。

花无缺这才意识到我和纪清寒紧握的手，他"哎哟"了一声，神情怪异："姐，你住哪里？"

他知道我在C市已经没有地方可以住了。

"她住在我家里。"纪清寒轻描淡写地答。

姜桉啧啧两声，脸上的表情着实滑稽："这就同居了啊。"

我扶额，淡定地解释："没有，不住一个房间。"

姜桉埋怨纪清寒："你这都是什么办事效率，这可不像你啊阿寒。"

纪清寒乜斜了姜桉一眼，没再说话。

五个人浩浩荡荡地去火锅店撮了一顿，纪清寒买单，姜桉买酒，其他人负责吃。

临近要走的时候，纪清寒去付账。

花无缺用低低的声音对我说："姐，你一个女孩子住在纪清寒家里总归是不好，要不……你去我家住吧，我跟我爸妈说说。"

一想起伯母那张尖酸刻薄的脸，我摇了摇头示意不用。

"姐……你不用担心，我跟我爸妈好好说说，不会有事的。"

"你家距离我上班的地方太远了，还要跨区，交通不方便，算了，有空我会回去看看伯伯和伯母的。"

花无缺失望地"嗯"了一声，何曼给他递了一杯啤酒："年轻人，不要这么沮丧。"

花无缺的脸瞬间就变红了。

其实何曼比花无缺小，但何曼向来都是那种大姐头的性格，在何曼面前，花无缺倒像是一个小孩子。

纪清寒出去了很久一直都没回来，我不放心，便去柜台看看，没想到在转角处碰见了一个人。

我站在转角的另一边，因此纪清寒和纪建国看不见我。

"你如果实在没事做，就到我学校来实习。"纪建国说。

"不劳你费心，我有很多事要做。"

"如果你说的是你妈的事情，我劝你还是不要做了，你没有能力战胜顾家。"

纪清寒轻蔑地笑了一声，说："这么说你是巴不得我妈死，好让你和那个女人花好月圆是吗？"

"你是这么跟你父亲说话的吗？"纪建国不禁有些恼怒，"就凭你们三个人的力量，痴人说梦。"

“那么姜桉的妈妈还有何曼的妈妈就白死了吗？还有我妈就活该躺在医院里睡了这么多年吗？”

“纪清寒，你要认清现实，她们已经死了，就算你真的找到了证据，她们也不会活过来。”

“那也不用你管，跟你一点关系都没有。”

我还没来得及撤退，纪清寒就转过身走过来，正好与尴尬的我打了个照面。

他的眼里闪过一抹深灰，我没有说话，他收敛了脸上愤恨的表情，很快恢复了以往那张清冷的脸。

那天纪清寒喝了很多酒，他眼眶通红，眼里都是血丝。

好不容易把纪清寒背回家，我打开房间的灯，给他掖被子。

谁知他却突然抓住了我的手，我一个重心不稳，直直地倒在了他身上。他伸出手搂住了我的身子，他的重量牵制住我，我毫无动弹的力气。

他的头埋在我的颈脖间，呼出的气体温柔又迷人，他的唇齿间带着浓重的酒气，散不去。

我就这样任他抱着，天地静谧，只有我和他单薄的呼吸声。

像是两只孤独的小兽抓住对方的手，作为彼此唯一的依靠。

“星芒……”他突然开口叫我的名字。

他的声音很悲伤。

我“嗯”了一声，等待他的下文。

“星芒。”他又叫了一声，这一次，比之前还要悲痛。

我轻轻地抚上他的眼睑，他闭上眼，眼角溢出些许液体。

“我在。”

他把我抱得更紧了些。

“我冷。”

我双手环住他的头，让他的脑袋靠在我的胸膛。

“还冷吗？”

“星芒。”

“嗯，我在。”

“三年前的那天晚上，我妈妈死了。”

03

父亲因抑郁症自杀之后，我陷入了生活的绝境。高中刚毕业的我，面对父亲生前那场医疗事故留下的巨额赔款，我变卖了房子，还清了债。

病人家属拿鸡蛋砸在我的脑袋上，哭天抢地。

他们骂我，骂我父亲，言辞如此冰冷，丝毫不给我喘息的机会。

他们说，花敬厚该死，你是他的女儿，你也该死。

我是全世界最卑贱的人，任何人活着都有其存在的意义，可我没有。我的母亲死了，父亲也死了。父亲生前治病救人，不知挽救了多少条命，到最后却落得这样的骂名。

之前我因为纪清寒和九九吵了架，按照九九那样骄傲的性格，她不会主动来找我，我也不知该怎样去找她。

在我人生第二次绝望的时候，我靠在江边的栏杆上想，要是死了，真就好了。

可脑海里偏偏又浮现出纪清寒，他说，花藻，你不要死。

所以我拨通了纪清寒的电话。

“纪清寒，我有事找你，今晚八点，我在河边等你。”

我从上午十点一直等到深夜十二点，可是纪清寒没有来。

我自嘲地笑了起来。

你怎么能要求一个对你毫无感觉的人答应你可笑的邀约呢？

零点的钟声结束，伴随着我的手机被丢进水里的声音，这个世界静谧如死城。

我永远都不会忘记那一天，凄冷的月光下，幽深的巷子里，九九跪坐在地上，手上还拿着沾满鲜血的匕首。

男生倒在血泊里，像永远不会再醒来的雕塑。

我有过犹豫，最后我从九九的手上抢过那把匕首。我告诉她："你快去找人来帮忙，只要他活着，就没你什么事！"

远处有警笛响起，我看见九九的眼里满是慌张，于是我用尽全身的力气狠狠地推开了她："走啊！走啊！"

在九九转身离去之后，我用最快的速度擦拭掉了匕首上的指纹。

我和九九命运互换的那一瞬间，我就没想过能活着走到今天，更没想到我会再次遇见纪清寒。

是不是……只要当初的我自私一些，我的命运就不会变成今天的模样？

我和纪清寒，也不至于错过这样多。

震惊C市的H姓女高中生恶意伤人事件毫无悬念，警察很快就破了案，但由于犯罪嫌疑人是精神病患者，且被害人没有追究责任，此次案件从轻处理。

精神病诊断证明是父亲生前给我留的，它留了我一条命，让我苟延残喘地活着，让我活着，再遇见纪清寒。

三年前的那一天，纪清寒没有来，是因为他妈妈死了。

我轻轻地拍打着他的脑袋，想让他快点入睡。

“不论是什么原因，我都不再追究了，纪清寒，我不在乎那么多。”

他的情绪很低落，喝了酒身上是暖的，可我知道，他的心里是冷的。

“他只在乎自己养在外面的那个女人，他到现在都不知道，我妈妈死了，还以为我妈妈在医院里昏迷不醒。”

我有些惊讶。

他的身子抖得厉害。

“纪清寒……”

“倘若三年前，我再勇敢一些，我们都不至于走到今天。”

我摩挲着他的额头，将他凌乱的头发捋顺。

我微笑道：“纪清寒，我们不要谈过去了。”

“星芒，我只有你了。”

——阿藻，我只有你了。

很多年以前，九九也曾这样对我说过。为这句话，就算是掉入万丈深渊，我也不曾后悔过。等待着我和纪清寒的是什么？是康庄大道还是荆棘密布，我不知道。

就算是不知道，我也要跟他走下去。

我爱了十一年的人，我只有他了。

“我……也只有你了，纪清寒。”

他睁开了眼睛，漆黑如同黑曜石一般的眼睛紧紧地盯着我。

一如十一年前，在医院的那天，他抬起头，眼里满是绝望。

“我只要你，星芒。就算是和你一起被烧成灰烬也没有关系。”他轻轻吻了下我的鼻尖，问道，“你呢，你要我吗？”

“我要你。”

就算是跟你一起变成灰烬也没关系。

纪清寒，我要你。

全世界，我只爱你，我只要你。

在他的嘴唇落下的那一瞬间，我第一次明白什么才是吻。他急躁又激烈，疯狂又炽热，他像是一个发光发热体一般将我的外壳烧得一干二净，只剩下光滑又柔软的内里。

他吻得很急，我的嘴唇止不住地颤抖起来。

万物混沌，天地初开，来自男女之间最原始的冲动和渴望将我和纪清寒彻底包裹住。

兴许是我沾染了纪清寒身上的酒气，我感受到一股前所未有的热烈，几乎要将我淹没。

“你要我吗？”

“我要你。”

纪清寒抱着我被汗浸湿的身体，我颤抖着，赤诚地与他相对。

没有什么能把我和他分开，没有什么再能阻隔我们在一起。

他附在我耳边，用全世界最诱惑的嗓音说道：“星芒，我要你。”

我想和他在一起，我想和他永远不分开，我想让这漆黑的夜幕作为我们疯狂的屏障，即便像亚当夏娃一样偷食禁果被永远驱逐也没关系。

纪清寒双手抱住我的腰，让我与他贴得更近一些。

他的胸口都是汗，我在他身下，咬紧嘴唇，等待他最后的动作。

“害怕吗？”他问我。

我摇了摇头，道：“不怕。”

关于面前这个人，我从未害怕过，就算他给我的一切温柔都是假象也没关系。

在他抵在我身体的那一刻，他突然停了下来。

理智打败了冲动，纪清寒离开我的嘴唇，我还在喘息。

他伸手擦去我额头的汗珠，他说："星芒，对不起。"

"没有什么对不起，是我愿意的。"

他却放弃了下一步动作。

纪清寒重新躺在我身边，我看见他的喉头微微滚动，他在压抑最后的一抹狂热。

"可我不能害你。"他侧过脸，朝我笑了起来。

我的心脏剧烈地跳动着，狂躁得找不到出口。

"有一天，直到有一天。"他说，"那一天不会来得太迟。"

嗯，我相信，那一天不会来得太迟。

我拥抱他，他也抱紧了我。

我希望，那一天不会来得太迟。

我更希望，这一晚永远不会过去。

天不会亮。

04

过几天便是除夕，纪清寒带我去超市买东西。

他推着购物车走到食品区，问道："除夕你想去哪里吃？在家里吃还是出去吃？"

"在家里吃吧，大冷天出去吃麻烦，而且现在也订不到位置了。"

他"嗯"了一声："好，听你的。那想吃什么？"

我玩味地笑了起来："你会做饭吗，纪清寒？"

他整个人都不好了。良久，他闷闷地答道："只会简单的，除夕夜的大餐肯定是满足不了你了。”

我摇了摇头，揶揄他：“哈，你还准备请我吃大餐呀。算啦，买点火锅料吧，除夕夜吃火锅不错。”

想了想，我小心翼翼地问：“你……不去你爸爸那边吗？”

他推着购物车，没有说话，我有些后悔刚才问了他这个问题。

正当我想着该怎么样打破这尴尬的气氛时，他指了指不远处的冷冻掌中宝：“以前每次一起出去吃火锅的时候，你都拿这个，好像很好吃的样子。”

原来他还记得。

我点点头：“以前很喜欢吃，不过现在不喜欢了。听说吃鸡对女孩子不好。”

他哈哈两声，眼里满是笑意：“还有这些规矩呀。”

“也不是规矩……你想吃吗？我去给你拿。”

我要走，他却拉着我：“不用了，我不爱吃那些。”

我们在食品区挑了一些基本的火锅料，又买了一些蔬菜和水果，正准备打道回府，冷不丁在食品区与日用品区的交界处，和顾荆棘打了个照面。

顾荆棘还是与往常一样，穿着一件白色加绒衬衫，外面套了一件军绿色的外套，面色阴沉，整个人从里到外都散发着一股高冷的味道。

他的后面还跟着九九。

两人不知是在说些什么，顾荆棘一脸的不耐烦。

见到我，顾荆棘停下脚步，九九也停了下来，我偏过头去看纪清寒，他倒是一脸的无所谓，看都没看两个人，也没打算停下来。

我一直觉得顾荆棘和纪清寒的性格很像，但仔细想来，又是不像的。

两个人都冷，但顾荆棘会装，可纪清寒不会。

顾荆棘可以脸上对谁都保持着疏离的态度，但在大多数时候，他都是言笑晏晏，让人找不出破绽。比较下来，纪清寒没有他那么讨巧，他不会见人说人话，见鬼说鬼话，他偏执却真实，极端却温柔。

就像现在，顾荆棘可以在见到我的那一刻，一改刚才阴沉的神态，佯装开心的模样。可纪清寒不行，他看顾荆棘不爽，那就是不爽，就算顾荆棘给他一千万，他照样看对方不爽。不爽就表现在脸上，他从不在厌恶的人身上浪费一星半点的时间。

九九看到我和纪清寒走在一起，有些惊讶："你们两个人在一起了？"

等九九开口和我们说话，纪清寒才停了下来，"嗯"了一声。

顾荆棘笑了起来，他走到我面前，柔声道："没想到你这么快就找了下家呀，沈星芒。"

他话还没说完，纪清寒就一把扯住我，拉开我和顾荆棘之间的距离。

"我希望你没有忘记上次我跟你说的话。"

上次纪清寒警告过顾荆棘，叫他离我远一点。

顾荆棘眯起眼睛，眼里满是危险的神色。

"纪清寒，你该不会是怕了吧？跟我公平竞争，你赢不了。"

纪清寒连眼睛都懒得抬一下，只是冷冷地答道："我劝你不要自取其辱。"

顾荆棘的脸阴沉得可怕。

"不公平竞争，你怎么知道是谁自取其辱呢？"他的目光转向旁边一直保持沉默的九九，故意提高了声音，"我不会放弃你的，沈星芒。"

我看见九九脸上努力支撑起的坚强彻底坍塌了。

顾荆棘故意说出这些话，让我难堪，让九九难过。

我没再说话，拉着纪清寒的手往前走。

除夕那天，天气回暖，今年过年比以往来得更迟一些，冬天又来得早，等过年的时候，二月中旬，最冷的节气已经过了。

在最冷的季节里，我并非一人蜗居，而是有人陪伴，总叫我觉得今年的冬天不至于太冷。

我在收拾床铺，忽然有人从身后把我抱住，纪清寒把脑袋搁在我的肩膀上，双手环住我的腰，轻声在我耳边说："今天环西广场会守岁，放烟花，我们一起去看。"

我欣然答应。

以前爸爸在的时候，除夕他经常因为工作的原因不在家，环西广场的烟花一放几十年，我却从来都没有去看过。

"我最近一次看，还是十多年前了，这些年在国外，都没有再去过了。"

我伸手揉了揉他蓬松的头发，笑了起来："我还从来没去看过呢。"

我发现，自从和纪清寒在一起之后，我们都变了。曾经的我们是两只刺猬，浑身是刺，无法拥抱，可后来我们身上的刺逐渐被磨平，只剩下最好的自己。

纪清寒的脾气没有以前那样嚣张了，我也变得越加温柔。

爱一个人是怎样的呢？是心甘情愿为他改变，是不在乎过去，只想把当下和未来最好的自己留给他一个人。

我想，我是爱纪清寒的，很爱很爱纪清寒。

为了去环西广场看烟花，下午不到五点的时候，我们就把火锅准备起来了。

纪清寒穿着围裙，在厨房里切菜，我张罗了一桌子的凉菜。

我用薪水买了一瓶红酒，吃饭的时候，我举杯道："愿年年有今日，岁岁有今朝。"

他与我碰杯，眼里盛满了温柔的光。

很多年后我才明白，那句"年年有今日，岁岁有今朝"不是最好的祝福，而是世间最恶毒的诅咒。

没有人想到，纪建国会突然回来，还带上了他在外面养的女人。

公寓门被从外面打开的那一刻，纪清寒的脸突然紧绷得可怕。我转过头去，看见纪建国带着一个身材苗条的女人进了门，那女人穿着一件皮粉色的外套，肚子鼓鼓的。

我心里有了数，再看纪清寒，他自然也看到了那女人的肚子，脸色比刚才更加难看。

那女人也没想到我和纪清寒会在这里吃火锅，她有些惊讶地问纪建国："今天家里有客人吗？"

纪清寒站起身，走到了女人的面前，没等纪建国说话，兀自开口："除了你，这里所有的人都是主人。请你出去，这里不欢迎你。"

女人面露惨兮兮的神态，只好求助似的把目光投向纪建国。

"怎么这么跟你邵阿姨说话？真是没规矩。"纪建国有些不悦。

我眼睁睁地看着纪清寒被磨平的利刃般的尖刺又长了出来，且比以往更加繁盛与尖锐。

"在这个家没有规矩。"他镇定地看向纪建国，"老一辈的破坏了规矩，年轻一辈的只能跟老一辈的学习。"

"你！"纪建国气坏了。

一时间气氛有些不好，火锅的水咕噜咕噜地响着，在此刻显得尤为刺耳。

我站起身来，也不知该如何作为。

“好了，不要吵了……”女人张口想劝和。

可她一开口，瞬间把一肚子火的纪清寒给引爆了。

他冷冷地看向女人，一字一顿地说：“你不属于这个家，你没有说话的资格。”

女人只好瘪着嘴，一脸的不愉快。

气氛已经僵持到冰点，我站在一边，走也不是，留也不是。

很快纪建国就注意到了我，他把话题往我的身上引，他指着我问：“她怎么会在这里？”

“我带她回来的，她现在住在这里。”

纪建国的眉头拧了起来：“你们两个人同居了？”

“跟你一点关系都没有。”

都说到这个份儿上，火锅肯定是吃不成了，我默默地把插头给拔了，不想他们因为我再起什么争端。

“什么叫跟我一点关系都没有？你要不是我儿子，我愿意管你？”

纪清寒讽刺地笑了起来：“到现在你终于舍得来管我了？以前呢，怎么没见你这么好心？”

“你要气死我才肯罢休吗？！”纪建国脸涨得通红，咳嗽了起来。

女人走过去一面轻拍了拍纪建国的背，一面柔声安慰。

“清寒，你少说两句吧，你爸爸最近身体不好。有什么事不能两个人坐下来好好说呢，非要针锋相对，对谁都不好。”

纪清寒指着门外，低声说道：“你出去，我和他有的是机会好好说。”

女人有些犹豫，她看了看纪建国，楚楚可怜的眼神比哭闹还厉害，纪建国心里的天平毫不犹豫就倾斜了。

“她是我带来的，她不可能出去，要出去，只有你出去！”

我看见纪清寒的喉头滚动了一下，同时我也捕捉到那女人眼里一闪而过得意的精光。

我明白，这场战役纪清寒不会胜利，不论他用多么极端的方法去击退对方的进攻，可他不明白，对方向来都是以退为进。

纪清寒是多么尖锐的人，他不会圆滑，也不会后退，更不明白权谋算计。

这是我最喜欢纪清寒的地方，也是别人最恨他的原因。

“要我出去是吧？好啊。”没等纪清寒过来，我径自走到纪清寒的身边，拉住了他的手。

如若纪清寒需要我，不用他说，我愿为他背叛全世界。

他拉开门走了出去。

纪建国在屋子里喊：“滚！你给我滚！有本事滚了你就不要回来！”

走吧，迈开步子，走得潇洒，绝不回头。

05

纪清寒说不回来，那就肯定不会回来，他的性格我很了解。

除夕那晚，酒未足饭未饱，可环西广场的烟花依旧闪亮，我在拥挤的人群中死死地抓住纪清寒的手，生怕一松就会被人浪给冲开。

快到零点的时候，我们两个人的肚子不争气地叫了起来。

我侧过脸看纪清寒，他也意味深长地看我，最后两个人爆发出一阵前所未闻的笑声。

不远处烟火灿烂，漆黑的夜幕被照得透亮，人们欢呼雀跃，互相拥抱。

我和纪清寒站在喷泉边，他敞开的黑色外套随风飘着，背影清冷又孤傲。

他背对着我，他在看天上的星星。

我走过去，轻轻地从后面环住了他的腰。

我把头靠在他的背上，说："高三的时候，我有一次偷看了你的作文，里面写，愿所爱的人能化为远处的星星，不论走到哪里，都是星芒满地。"我顿了顿，道，"所以我改了名字。"

他舒了口气，叹道："沈星芒。"

"我想，等我化成星星，投下光芒，伴你走一路。"

他抓住我的手，抓得很紧很紧。

"不要做星星。"他说。

身边有人开始倒数计时，在数到"三"的时候，纪清寒转过身，捧住我的脸，重重地吻了下来。

他说："不要做星星，做我的爱人。"

"好。"

最灿烂的一束烟花在天际炸开，七彩的光渲染了整片黑色夜幕。

我答应你，纪清寒，我不做星星，我要做你的爱人。

只要你需要，我就一直在你身边。

从纪清寒家里搬出来之后，我去花无缺那边拿走了我寄放在他那里的东西，意外地发现了爸爸生前留下的病历记录。

爸爸有记录的习惯，厚厚的一本本子，写满了他医治的病人的名字、病情和联系方式。

这是唯一能证明爸爸功勋的东西。

我把本子拿给纪清寒看，他笑着说："星芒，你爸爸真的很棒。"

永生集团的年假休到正月初八，我和纪清寒找了房子，就在公司的对面，有一间小阁楼，麻雀虽小，五脏俱全，房租便宜是真的。

纪清寒的卡被停了，他找了份工作，白天送外卖，晚上回到阁楼给别人翻译稿子。

何曼的单位也在附近，下班之后她经常买点菜跑来跟我们一起吃，久而久之，姜桉也加入了我们的队伍。

之后的很长一段时间，我都没有见到九九。

直到初春的时候，九九回来了。

她踩着十厘米的高跟鞋，嘴唇抹着鲜艳的颜色，本就生了一张好脸蛋，如此精心打扮一番，格外的动人明亮。

九九把头发染成了茶色，烫成了大波浪鬈发，十个指甲上都是闪亮的水钻。

她言笑晏晏，恢复了以往的神气，她还是那个骄傲的九九。

我不知道九九的身上发生了什么，不过看到她好，我很开心。

日子就这样相安无事地过了几个月，这天我回来，正听到姜桉和纪清寒说话。

"阿寒，你是不是不想继续了？"说话的是姜桉。

纪清寒没有答话，长久的沉默让门外的我感觉到些许的不安。

"星期六晚上八点，顾荆棘在 Summer 约了人。之前阿周去调查永生税单的时候走漏了风声，顾荆棘是知道他爹做的那些破事的，听说顾永生最近生病了，永生现在是顾荆棘在管。顾荆棘约了阿周不会是好事，

Summer 是顾家的产业，都是顾荆棘的人，永生那边势力很大，黑白两道通吃，就我们这么点势力，是不可能和永生抗衡的。”

纪清寒保持缄默了很长一段时间，随后他问：“阿周是怎么查的？”

“阿周他老爸是永生那边的人，他想法子混进去的。”

纪清寒“嗯”了一声。

“之前在美国，追你的那个小迷妹，他爸不是永生美国分部的高管吗？现在他爸调回来了，你可以跟她联系一下呀。”

“我不想利用她。”

我细细想了想，姜桉口中的那个女孩，应该是宋真。

也就是说……宋真喜欢的是纪清寒？我有些吃惊。

以前在学校的时候，我知道宋真心里一直有个人，她没提起，我自然也不会多问。现在想来，永生周年庆那天，宋真的确是有些不对劲。

我一时间心里有些苦涩。

姜桉说：“天哪，阿寒，我没让你利用她啊，你跟她联系联系，说不定能从她爸爸那里得到什么消息呢。”

“我再想想吧。”

“你现在要想的不是这件事，是你外公的事。你妈去世了，外公外婆现在身体也不好，你家就你一个继承人，你甘心看你们刘家这么大的产业后继无人吗？”

刘家……也就是纪清寒妈妈家，原来他妈妈那边还有什么产业吗？

“我妈嫁给那个人的时候，就跟家里断了关系了。”

“阿寒！我真的败给你了啊。断了关系是一回事，但你是刘老爷子唯一的外孙啊，你不去接他的产业，难道你要把家业拱手让给外人？哎哟，我的天，你还真是固执得吓人。”

姜桉拉开门，正好与我碰了个正着。

我点头打了个招呼，没再多说。

那一晚我没有睡着，初春的晚风吹动窗帘，我躺在床上，注视着黑暗中的天花板。

纪清寒在隔壁，我敲了敲隔音不好的墙壁，轻声道："你睡了吗？"

"没有。"他答得很快。

"睡不着吗？"

他"嗯"了一声，问我："你呢？"

"我也睡不着。"

我换了个姿势，我听到隔壁的他也换了个位置。

"星芒。"

"嗯？"

"生日有没有什么想要的东西？"

"我生日还早呢，在五月。"

"嗯，你想要什么？"

我想了想，笑道："除了你就没有其他想要的了。"

他也笑了起来："这么巧，我也是。"

我开了灯，想从书架上找一本书，最终我的手停留在父亲留下来的日记本上。我翻开，指腹从扉页开始扫过，最终停留在一页纸上。

姓名：陈澜。

病症：肝癌晚期。

那张照片上的人……分明就是顾荆棘的妈妈啊！

我蓦地瞪大眼睛，顾荆棘的妈妈是爸爸的病人！那爸爸怎么可能不给他妈妈做手术呢？这里面究竟发生了什么……

顾荆棘对我父亲的怨恨，还有十一年前永生集团的那场大火以及何曼口中的三条人命，究竟是怎么一回事?

帷幕拉开，这场浩劫，从来就没有人能幸免于难。

我们全都是这场阴谋的牺牲品。

无一例外。

第六章

/ 撕裂 /

01

周六晚八点，Summer。

我很早就到了酒吧，找了个角落的位置坐了下来，四周都是穿着暴露的美女，她们有着性感的身形、媚人的眼线。我靠在墙角，冷眼看着一个又一个女人就这样被肥得流油的男人搂着出了门。

这里是顾家投资的一个酒吧，因为地段好和装修气派，向来都不乏挥金如土的客人。

周遭充斥着一股让人作呕的刺鼻烟酒味，五颜六色的强光格外刺眼，我转移视线，没想到在人群中看见了一抹耀眼的红色身影。

她穿着性感的红色抹胸短裙，衣服贴合在身上衬出了完美的身材，细高跟踩在地上，动作疯狂且放肆。九九在陌生的人群中摇晃着脑袋，茶色的鬈发呈现出让人迷醉的张扬的美。

这是不一样的九九，是我从未见过的九九。

我起身去了一趟洗手间。

冰冷的水从我的脸部皮肤蔓延到心口，我深深地喘息，快要透不过气来。

这里乌烟瘴气的环境让我感到窒息。

突然有一双手出现在洗手池里，就在我的旁边，那抹红色的身影显得格外刺眼。

九九的脸上化着精致的妆容，黑色的眼线画得很长，她从香奈儿的包包里掏出了口红补妆，自始至终没有跟我说过一句话。

我转身要走，她叫住了我。

“沈星芒。”

不是阿藻，是沈星芒。

我看见她对着镜子里的自己搔首弄姿，模样说不出的轻佻。我下意识地皱了皱眉头，她却笑了起来：“没想到你也会来这种地方呢。”

“我也没想到你会来这里。”

她哼了一声，将口红塞进包里，侧过脸来对我说：“这段时间我想了很多，人生在世及时行乐，有些事情我早该放下了。”

我点头：“你能想通是最好，我为你高兴。”

她轻笑出声来：“虚情假意倒是不用了，沈星芒。”

“九九？”

“所有的事情我都听顾荆棘说了。”

听到顾荆棘的名字，我不禁心里一沉。

“所有的事情是指什么事情？”

九九收好了包，踩着高跟鞋嗒嗒地走到我的面前，她居高临下地睨着我，用一种我从未料想过的冷漠语气同我说话。

她说："如果你父亲当初没有拒绝给顾荆棘的妈妈治病，那么我的家庭也不会破碎，我爸妈也不会离婚，那么我该有多幸福啊，沈星芒。我不会遇见顾荆棘，我也不会爱上他。"

我只觉心都冷了大半："原来你愿意相信顾荆棘，也不愿意相信我。"

"相信你？"九九讥讽地笑起来，她高傲地甩了甩自己的鬈发，反问，"相信你吗？相信你是我最好的朋友，为我挡下了所有罪责吗？沈星芒，我就是太相信你了，就是因为太相信你才会让你恬不知耻地接受顾荆棘对你的好，又和纪清寒睡在一起。"

她说出的话无比刺耳，我一时间竟有些失神。

我没有想到九九对我的态度会突然转变成这样，我明白她对顾荆棘心存好感，却不知道为什么这才过了几个月，她对我就突然充满了敌意。

我冷静地告诉她："九九，顾荆棘他不喜欢我。"

"你想撇清什么？你想告诉我，明明知道顾荆棘喜欢你，我却还是死不要脸地追着他，你是不是想说我很贱？"

"陆九九，我到底做了什么让你这样污蔑我？"我感觉心彻底凉透了，我望着她那张陌生的脸，突然开始质疑我三年前做的一切，"你不要被顾荆棘蒙蔽了双眼，他不喜欢我，他根本就是在利用你！"

说到最后，我愣住了。

我想起很久很久以前，九九也曾声嘶力竭地说：纪清寒根本就不喜欢我！

可我固执己见，一口咬定九九是在肆意炫耀。

那时候的我爱纪清寒爱到失去自我，爱到被蒙蔽双眼，爱到什么都不顾了。

在为九九葬送前程的那一瞬间，我想到的是，假如九九出事，纪清寒一定会很难过，可假如我出事，没有人会在意。

现在的九九就像是三年前的我。偏执而不自知，疯狂却不以为意。

“如果我对他还有利用价值，那就让他利用我吧。”

我看着她，道：“你疯了。”

“疯？”她哼了一声，“我只是在做我想做的事情。”说罢，她头也不回地离开。

我靠在洗手池旁边，总觉得有些诡异。尽管九九说话与平常无异，但她的眼睛就像是找不到聚焦的点，失去了神采。

来不及去考究九九身上究竟发生了些什么，只听见不远处传来一阵哄闹声。等我走近的时候，便看见人群中穿着白色衬衫的顾荆棘格外吸睛，他的身后有几个健壮的男人，看上去个个都不是善茬，而他的对面坐着一个瘦高的男生。

那个男生不过二十出头的模样，我眯起眼，仔细在脑海里回忆了一遍。

啊，是他!

之前在帝都 KTV 的时候，和花无缺发生冲突的几个人中的那一个……

是那个牛仔男生!

按照姜桉那天说的话，顾荆棘在这里要约见的那个人应该就是他口中的阿周，眼下看这个阵仗，定然不是心平气和来谈事情的。

阿周是纪清寒和姜桉的人，潜入永生内部试图找到证据结果被发现，那么按照顾荆棘锱铢必较的性格，阿周多半是没法幸免了。

除非……

我听见顾荆棘开了口。

他坐在沙发上，眼睛直勾勾地看着阿周，他放低了姿态，轻笑道："你不要这样紧张，我没有什么恶意，我只是想跟你聊一些事情。"

阿周偏过头，没有说话。

顾荆棘从一边的人手上接过了一瓶酒，倒满茶几上的十个酒杯。他靠在沙发靠背上，转了转手指上的戒指，说："要不我们换个方式？我这里有五瓶酒，倒五十杯，你喝完之后，走出这里，那么之前的事我既往不咎，你爸爸的位置我也保留。"

阿周动了动，他看了一眼面前的酒，还是没有说话。

我躲在不远处的卡座旁，灯光昏暗，顾荆棘没有注意到我。

五瓶酒，那就是五斤，喝五斤烈酒还能站着走出这里的，恐怕一只手都数得过来。

趁着阿周犹豫的空隙，顾荆棘又说："或者，我们可以更简单一些。你只要告诉我，究竟是谁让你来做这些事的……"

顾荆棘嘴角含笑，眼里却盛满了危险的意味。

阿周缓缓地坐直身子："我说……"

顾荆棘脸上的笑意更盛。

"我说，拿酒来吧。"

顾荆棘的目的当然不是让阿周喝酒，因为一瓶烈酒下肚，半数人就已经不行了，少数人能撑着喝第二瓶，五瓶喝下去，恐怕凶多吉少。顾荆棘想要知道的无非是阿周身后的指使人，然后连根拔起。

阿周是姜桉的人，没想到姜桉竟交了这么一个忠肝义胆的好兄弟。

顾荆棘的神色一变，他阴沉着脸，恨恨说道："敬酒不吃吃罚酒。"

他转动着手指上的戒指，朝着身侧的男人使了个眼色。

随后他身边的几个人撸起了袖子，将阿周围住。

这只是酒吧里一个再平凡不过的角落，没有人会注意到这里发生的事，嘈杂的音乐声会为接下来发生的一切树立最好的屏障。

眼看就要拳脚相向，冷不丁不远处有人喊了一声：“以多欺少，应该不是顾家大少爷的作风吧。”

02

说话的是姜桉，他穿着一件黑色的皮夹克，双手随意地放在裤子口袋里，脸上还漾着笑意，让人看不出他究竟在想些什么。

姜桉的身后还跟着一个人，他距离姜桉有稍远的一段路。

我的心微微提了起来，我知道纪清寒一定会来的。

他们三个人，对面十多个人。

阿周抬眼看到了姜桉，他低低地喊了一声：“老大。”

姜桉吹了声口哨，笑吟吟地走到顾荆棘面前，他仰头将桌上的十杯酒全部喝完，动作一气呵成，连眉头都没有皱一下。喝完酒，他的嘴角还保持着同刚才一样的弧度，他撒娇似的对顾荆棘说：“顾少爷，大动肝火可是对身体不好呀，我代我兄弟给顾少爷赔个不是。”

顾荆棘连眼睛都没有抬一下，看样子是并不想跟姜桉多说废话。

“如果每一次犯错主人都会来赔不是，那么狗下次照样还是要翻墙偷别人家院子里的东西，你说是吧？”他的声音很冷。

可纪清寒的声音比他的更冷：“干吧，阿姜。”

此时的纪清寒就像是一匹孤独的狼，他举起刀锋一般的爪子，张开嘴露出尖利不已的獠牙，恨不得要将对手整个撕碎。

姜桉苦恼地抓了抓脑袋，像是在卖萌：“天哪，我刚吃完晚餐哎。”

“那就权当是运动了。”

话音刚落，对面为首的两个彪形大汉就冲了过来，眼看着双方要厮杀起来，我从隐蔽处走了出来，刚想动，就被人牵制住了。

我回头一看，竟是九九。

“放开我。”

“你想干什么？”

我言简意赅：“带走纪清寒。”

“原来真的是你们在搞鬼。”九九目光一紧，“沈星芒，你就这么希望我们家没有好日子过吗？”

“如果永生没有做过什么亏心事，又怎么会经不起这么点小风浪？”

她死死地抓住我的手腕，我被她捏得生疼，可九九恍若未闻，加大了手上的力度。

“三年前你为我顶罪，就是为了这一天吧。”

“什么？”

“你让我对你心存愧疚，好让今后你在毁了顾家的时候，我只能认定这是我亏欠你的。”

我笑了一声，嗤之以鼻：“陆九九，你真的病得不轻。”

她甩开我的手，指着我的鼻子怒道：“沈星芒！你别以为我不知道你做的那些事！以前我还为你郁郁寡欢了三年，我还曾对你心存愧疚，觉得你是我最好的朋友，你拯救了我，嘀！可是没有想到，你竟然还是为了纪清寒不惜跟我撕破脸皮。”

那边已经打了起来，姜桉虽然脸上总是笑得跟弥勒佛似的，但不得不说，他打架确实厉害，身手敏捷，毫无章法，杀伤力极强。

纪清寒会打架我是知道的，他打起架来就像是森林里的野狼，丝毫不给对方绝地反击的余地。

阿周相对来说稍微弱一些，但速度快如豹子，也不好对付。

但毕竟三个人对十个人处于弱势，即便是身手好也支撑不了多久。

我跑过去，大吼一声：“住手！”

兴许是我的声音太过尖锐，打得火热的几个人愣了愣，停下了动作，纷纷看向了我。

“你放开他们！”我朝着顾荆棘低吼。

他一挥手，有两个男人很快冲过来禁锢住我的双手。

纪清寒一拳将一个大汉揍倒在地，他跃到我面前，沉声道：“放开她……”他还来不及说完话，又有几个男人冲了过来，将他一拳打倒在地上。

“纪清寒！”

“阿寒！”

我睁大眼睛，眼睁睁地看着几个男人暴风骤雨般的拳头落在了纪清寒的身上。

身体里的火山仿佛在那一瞬间彻底喷发，我尖叫着、挣扎着、咆哮着：“放开他！你们放开纪清寒！”

顾荆棘冷冷地望着我，道：“这里都是我的人，你以为你们几个人今天还能逃得出去吗？”

我瞪大眼睛，恶狠狠地盯着顾荆棘：“你到底想怎么样？！”

“我想怎么样？”他站起身，笔直地走到了我的面前，他伸出手攫住我的下颌，用降至冰点的声音说，“我只是告诉你，想对付我们顾家的人都是什么样的后果。”

那边纪清寒已经倒在了地上，姜桉和阿周也敌不过这么多人的围攻，纷纷败下阵来。

我们如同四只丧家犬，在顾荆棘耀武扬威的军队面前，一败涂地。我拼命地想要挣脱身后的桎梏，我想冲过去，抱住伤痕累累的纪清寒。

他已经被打得不成样子，刚才他是因为我分了神，才会被对方有机可乘。到现在，纪清寒已经毫无脱身的可能了。

那一拳一脚明明是落在纪清寒的身上，却更像是落在我的心口，每一下，都扯得我几乎无法呼吸。

我握紧拳头，用尽毕生的力气冲了出去，我撞在顾荆棘的身上，我想朝纪清寒的方向奔过去，可我还没走两步，就又被后面的两个男人给钳制住了。

我声嘶力竭地吼："放开他！放开纪清寒！"

"啊！啊……"我痛苦地发出野兽般的吼叫，"你们谁再动他一下，我跟谁拼命！"

第一次，我觉得自己的警告如此苍白无力。

有人畏惧我的过去，一旦我提起带有攻击性的词语的时候，他们就会认㞞，做缩头乌龟。然而我的力量又有多大，我怎么能狐假虎威到让全世界所有人都臣服于我。

他们撕碎了我的假面具。

原来我只是一个无能为力的废人，我什么也不是！

模糊的视线里，顾荆棘缓缓地抬起了手，那些男人陆续停止了动作，我再也顾不得其他，冲过去紧紧地抱住了纪清寒。

纪清寒……我的纪清寒……

眼泪啪嗒啪嗒地往下落，我紧紧地抱住纪清寒的脑袋，生怕我一松手他就会离开。

三年前的那股绝望又一次袭击了我。

我呜咽出声，连手脚都是冰凉的。

纪清寒已经说不出话来，他喘着气，却还固执地要伸手安抚我的情绪。

“清寒……清寒……”我不断地叫他的名字，他的喉头间发出轻微的回应。

我瘫倒在地上，失去了最后一丝力气。

我转向顾荆棘，道：“你满意了吗？”

我的声音冰冷，浑身上下都是冰冷的。

顾荆棘摇了摇手指：“不够，还远远不够。”

“如果你再过来一点，我就报警。”我从口袋里掏出手机，按下了110的字样。

他眼里的颜色更沉了。

“那我不介意，在你报警之前，把他打到再也无法跟我嚣张为止！”

那群人阴魂不散地冲过来，我俯下身，将纪清寒死死地护住。

你看，纪清寒，咱们多像是演电视剧啊，我是不是可以拿一个最佳女演员奖？

纪清寒想要推开我，奈何他已经没有力气了，他只能任凭我抱着，用喑哑的声音说：“你走……快走……”

“我不走。”我咬着唇摇头，“纪清寒，我只有你了，不论如何我都不会放弃你。”

我话还没说完，又有人把我从他的身上架了起来，那些拳脚报复性地变本加厉地悉数落在纪清寒的身体上。

“不要……”我死命地挣扎，“不要！”

“不要？”顾荆棘一直在转手指上的戒指，整个人冰冷又危险，他俯下身，凑在我的耳边，轻声道，“不要，你求我啊。”

“求你……”我抽噎道，“求你……”

“星芒……”身边是纪清寒虚弱的声音。

我被那几个人钳制着，只能保持着跪坐的姿势，像是在给顾荆棘行大礼。

顾荆棘抬起手，几个男人立刻停止了动作。

身后的男人松开了我，我伸出手擦掉了眼角的眼泪，随后抬头注视着顾荆棘。他如沐春风，我犹置寒冬。

“想让我放他走，可以。”

我深吸了一口气，问：“条件是什么？”

“脱衣服。”

我不可置信。

“要我再重复一遍吗？”

我问：“脱衣服，然后呢？”

他眯起眼，一字一顿地说：“然后，吻我。”

03

在我愣怔的空隙，姜桉和阿周已经站起了身，两个人将倒在地上的纪清寒搀扶起来，站在了一边。

橘红色的灯光打在我的身上，明明是温暖的颜色，我却感觉不到一点暖。

顾荆棘像个王者，胜券在握，只等我自投罗网。

Summer 是顾荆棘的地盘，他不放人，没人能走出去。

我看了一眼纪清寒，他也望着我，脸颊微微肿起。

“你放他们走。”我镇定地说，“并且，永远不再找他们的麻烦。”

顾荆棘嘴唇上扬，声音懒懒的：“你觉得你有资格同我谈条件吗？”

“我不是在谈条件，我是在警告你。”

他没说话，静待我的下文。

“顾荆棘，你永远也不要忘记我今天说的话。”说罢，我解开了外套的扣子。

顾荆棘坐在沙发上，他靠在沙发靠背上，满意地看着我的动作。明明是很嘈杂的环境，四周却忽然静得可怕。

在这样寂静的环境中，我轻而易举就听见了纪清寒的声音。

“不要，星芒。”他说，“不要……”

这一次，他被姜桉和阿周按住了，而他也再没有发狠的力气了。

在这场爱情里，我和纪清寒都是不顾后果的那一个，可我厌了，今天，我认输了。

我战胜不了顾荆棘，纪建国说得对，我们没有能力同顾家抗衡，所以我只能选择低头。

我只能在顾荆棘伸手指向自己大腿的时候，轻轻地坐了上去。在他环住我腰的那一瞬间，我只能选择不抵抗，然后慢慢地将身上的第二件衣服脱掉。

只剩下一件背心，我没再脱。

顾荆棘的脸就在我的面前，明明是一张好看的脸，却让人滋生不出一点欣赏欲望。

“星芒！”纪清寒叫我的名字。

我闭上眼，凑近了顾荆棘，在他的脸颊上亲了一口。他按住我的后脑勺，随后他的唇又一次落了下来。

“顾荆棘！我杀了你！”纪清寒像一只穷途末路的小兽，他红着眼睛，伤痕累累。

有一瞬间，我希望自己死在了三年前的江边。

时隔多年我才明白，对于幸存的人而言，活着才是一种更为残忍的惩戒。死去的人永远解脱，活着的人却要承受身体和心理都难以负荷的痛楚。

可是我要活着，我要活着，因为纪清寒他需要我。

耳边还有纪清寒的咆哮，有人将我从顾荆棘的大腿上拉开，在我还来不及看清楚那个人是谁的时候，只听见“啪”的一声，而后我的脸颊火辣辣地疼。

九九扬着右手，捏着嗓子怒道：“沈星芒！你滚开！”

脸疼得厉害，我侧过脸去，没有答话。

她歇斯底里地对我说：“我恨你！我为什么会遇见你这样的人？！”

顾荆棘脸上的表情更得意了。他真厉害，一箭三雕，坐看我们互相残杀。

九九啊，你怎么就看不明白呢？为什么你宁愿相信是我背叛了你，也不会去想一想为什么我和顾荆棘之间会有这些莫名其妙的纠缠？

你到底怎么了九九？

比起气愤与不甘，更多的是失望和悲伤。我用青春和未来去保护的人，竟然说，她为什么会遇见我这样的人。

是啊，陆九九，我为什么要遇见你呢？

我“嗯”了一声：“是啊，你为什么会遇见我这样的人呢？”

“沈星芒，我真后悔跟你成为朋友。”九九嫌恶地说，“我告诉你，如果你想对顾家有任何不利，不要怪我不客气！”

曾几何时，九九站在我的身前，对旁人说：“你们再敢找花藻的麻烦，就不要怪我不客气！”

时过境迁，物是人非，我笑了起来。

我应了一声：“好。”

她微微一愣，我走上前去，用力扼住她纤细的手腕。

我提高声音，说道：“陆九九，从今日起，我们不再是朋友。”

她的眼里有转瞬即逝的光。

“三年前我为你所做的一切，是我心甘情愿，与你无关，从此我绝口不提！”

绝口不提那些痛苦，绝口不提死灰般的岁月。

我穿上外套，走到纪清寒身边，对姜桉和阿周说道：“走吧。”

一只手拦在我的面前，顾荆棘不知什么时候走了过来，他修长的手指拦住我的去路，我冷冷地抬眸看了他一眼。

“你不考虑一下吗？”他勾起唇角，势在必得，“我能给你的，他纪清寒永远给不了你。”

我回敬他同样毫无温度的笑容。

“不。”我答，“到死，永远，都不。”

我永远不会朝着顾荆棘摇尾巴，也永远不会放弃纪清寒。

到死，永远，都不。

姜桉的车停在外面，阿周和我抬着纪清寒上了车，等我们四个人都在车上坐定的时候，姜桉这才舒了口气。

他骂道：“妈的，早知道多带几个人了。”

无心理睬姜桉，我看着纪清寒苍白的脸，心抽疼得厉害。

他眼睛紧闭，纤长的睫毛微微颤抖着，我伸手抚上他的眼窝，他的皮肤很烫。

“清寒……”

他抿着唇，面色惨白，一言不发。

我轻轻地晃了晃他的手臂：“清寒？你能听到我说话吗……”

我颤抖着手拍了拍他的脸颊，而后我转向开车的姜桉道：“快，去医院！他的情况不对劲！”

纪清寒陷入了重度昏迷。

医生告诉我，他在斗殴的过程中撞到了后脑勺，留了团血块。

我坐在手术室外的休息椅上，双手死死地抓住衣角，我低着头，轻轻地喘着气。

姜桉刚从洗手间回来，他走到我面前，拍了拍我的肩膀，柔声道：“不要想太多了，阿寒是个好人，好人会有好报的。”

我握紧双手，纵然掌心冰冷无比。

阿周也出言安慰，可只字片语又怎能安抚我现在的情绪？

我再一次感受到与三年前同等的绝望与悲伤，我的人生已经这样了，为什么上天就是不肯放过我？

为什么恶人永远可以逍遥法外，而从来没有做过任何坏事的我，就得不到命运的善待呢？

“星芒，你去哪里？”

“我要去找顾荆棘。”

姜桉阻止我说：“你去找他也没有作用，对你也没有任何好处。”

“为什么要这样……”我崩溃地靠在墙上，伸手抓住头发，近乎绝望地低声道，“为什么你们要和顾家作对？为什么就不能安安静静地过自己的生活呢？”

阿周叹了口气：“如果能幸福安稳，谁又会愿意颠沛流离呢？”

我抓住姜桉的肩膀，不甘心地问：“我不懂，姜桉，为什么我们要这样呢？”

“因为姜桉的母亲、我的母亲，还有阿纪的母亲，全都是因顾家而死的。”说话的是何曼。

我转过身，看见她站在电梯口，裹着一件外套，斜眼望着我们。

她旁边还站着花无缺。

“什么意思何曼？我不明白。”

“阿曼！”姜桉出言制止，他收敛了笑意，责备道，“上次阿寒说了，不要跟星芒再说这些了。”

何曼白了他一眼，道：“不告诉她她就不会知道吗？我最恨的就是阿纪磨磨蹭蹭的态度了，大老爷们儿一点都不爽快。”

何曼说，十一年前，永生集团周年庆的那场大火，致使很多无辜的人遇害、受伤。现在姜桉手下所有的人，都是那场灾难未能幸免的受害者的后代，他们是永生集团惊世阴谋的牺牲品。

永生集团以前不叫这个名字，之前顾永生和前妻陈澜结婚属于商业联姻，顾家的家业不如陈家的大，算是顾永生高攀了。最后陈澜去世，陈家的产业都被顾永生吞了，这才有了现在的永生集团。

我沉默了很久，在脑子里来回地重复着何曼的话。

“你是说，十一年前的那场大火不是意外，是顾永生一手策划，是为了谋杀妻子的阴谋？如果是这样，你们的至亲就都是陪葬品了？”

姜桉摇摇头，道：“不是陪葬品，是牺牲品。那场大火，陈澜没死。”

何曼从鼻子里哼了一声，说："谁知道那天陈澜根本就不在那艘游轮里。可惜后来陈澜得了癌症，还是没逃得过，所以宋琴才摇身一变从顾永生的秘书变成了顾家名正言顺的夫人。"

我明白了。

顾荆棘和母亲的感情很深，因此对于进门的宋琴充满敌意，这也是为什么他对九九的态度如此恶劣。

麻雀飞上枝头变凤凰，连带九九也一起飞黄腾达，顾荆棘视她们母女二人为眼中钉肉中刺，恐怕是担心母女俩瓜分他们顾家的财产吧。

啧，可惜这偌大的永生集团，又有多少财富是取之有道呢。

我"嗯"了一声，道："所以，我要去找顾荆棘。"

姜桉咂嘴："你这姑娘怎么老是不听话呢？"

花无缺急得要跳脚："姐，你怎么就这么不听劝呢？！"

"当务之急，是阿纪能醒过来。"何曼揽住我的肩膀，左手覆住我的手背，柔声安慰，"现在阿纪最需要的是你的照顾。"

像是耗尽了最后一口气，我重重地瘫倒在椅子上。

04

纪清寒一睡就是五天。

我在医院坐了五天，其间何曼和姜桉、阿周他们时常会过来，但每每来的时候，脸上的表情都不好。

医生说，纪清寒需要去国外接受手术，在国内治疗的话，苏醒的可能性很小。

我望着纪清寒沉睡的脸，他的身体抚摸上去还是热的，可我却感到一股透心的寒意。

病房安静得只剩下我和纪清寒两个人的呼吸声，没有乌云，也没有阳光。

风很轻，吹动病房的窗帘，我走到床边，将窗户关上。

我转过身的时候，有人在敲病房的门。

“请问是沈星芒小姐吗？我们家老爷子想要见您。”

在见刘老爷子之前，我已经做好了准备，我想大概会像电视剧里演的那样，给我一笔钱，逼我远走高飞。

所以我先发制人，在医院的会议室里，我直截了当地告诉他，不论他给我多少钱，我都不会离开纪清寒一步，没有理由，是他需要我。

谁知老爷子笑得眼睛都眯了起来：“你以为我们刘家的产业是旁人送来的啊，给你一笔钱让你远走高飞，我们刘家虽说不缺钱，但还不至于几千万的支票写得轻飘飘啊。”

我有些发愣，一旁管家模样的人也笑了起来。

“那我就更不会离开他了。我答应过纪清寒，只要他需要，我就一直在他身边。”

老爷子拄着拐杖站了起来，说道：“你们年轻人我不懂，不过啊就算你们情比金坚，就算我外孙需要你，最起码，他得活着。”

老人的精神矍铄，目光炯炯，他说的每一个字都掷地有声，我毫无反驳的力气。

他说得没错，最起码，纪清寒得活着。

“您想带他去国外？”

“你也知道啊，没有更好的方法了。”

我身无分文，连买机票都困难，肯定没有办法跟着纪清寒一起去，我也不可能向刘老爷子开口，让他看扁了我。

我问：“那需要我怎么做？”

“没有什么需要你做的，我要带走我的外孙，如果你愿意，那就等他吧。”

“我有一个条件。”

“什么条件？”

“不论纪清寒在哪里，不要和我失去联系。”

老爷子点点头：“好，我答应你。”

纪清寒被带走的那一天，C 市飘起了小雨。

春末的雨缠缠绵绵，带着初夏泥土的芬芳。

刘家的车浩浩荡荡地开进了医院，我和姜桉他们站在住院部门口，看着纪清寒的病床被搬上了刘家的车。

他还睡着，安静极了。

姜桉推了推我的手臂：“你不去看看阿寒？”

何曼白了他一眼，骂他蠢：“看什么看，阿纪现在昏迷不醒，越看越难过。”

有的时候，我很讨厌何曼的诚实，她那种对什么都了如指掌的成熟口吻，让我的心如银针戳一般发狂地疼。

可她说得没错，追上去，我又有什么办法呢？我不通医术，也没能力妙手回春。

花无缺拍了拍我的肩膀，轻声道：“姐，你不要难过了。”

我摇了摇头：“我不难过，他能治好才是最重要的。”

然而在那辆车即将消失在我视线里的那一秒，我却是疯了般地冲了出去。我拼命地追着绝尘而去的黑色汽车，小雨不知什么时候变成了暴雨，每一滴雨水，都像是全世界最锋利的刀片。

雨水打湿我的头发，顺着我的脸颊往下落，冷得可怕。

再过多久我才能见到你，我要这样孤身一人多久？纪清寒，没有你的每一天，我要怎么度过，才不至于痛苦得无以复加？

你说你只有我了，我也是啊纪清寒，全世界，我只剩下你了。

在我命运最低谷的时候，纪清寒出现在我的世界里，我曾以为我们就是漂荡在汪洋大海里的两片浮萍，成为彼此最后的依靠。

纪清寒，你怎么能丢下我一个人？

你怎么能……

“别走……求你，不要走，不要离开我……”

“扑通”一声，我在水坑里跌倒，泥水溅进了嘴巴里，我跪坐在地上，悲从中来。好在下着瓢泼大雨，我才不至于被赶来的几个人看见脸上汹涌而出的泪水。

他们都说，星芒，纪清寒会回来的。

所以我等啊等，等着他手术成功，等待他痊愈的消息，等待他像从前一样，光彩照人地站在我的面前，对我说：“星芒，我回来了。”

我就这样等了三个月，最初，刘家还会有人接听我的电话，久而久之，没有人再理睬我的来电。

花无缺安慰我说：“姐，要不我带你去走走吧，最近何曼在外地，我们一起去看看她？”

我点头：“好，我也想出去走走。”

花无缺喜笑颜开：“那我们去收拾东西！”

“我要去美国。”

人生中唯一一次去美国，是高二下学期末的暑假，那是我和纪清寒的第三次见面，他抱着我，英雄救美。

我没想到会再一次去到那里，竟还是为了再遇见同一个人。

下飞机的那一瞬间，旧金山飘起了小雨，雾蒙蒙的天气，我的心微微一沉。

花无缺拿着伞撑开在我头顶，他拍了拍我的肩膀，说道："姐，你要去哪里，我带你一起去。"

"不用了。"我摆摆手，"我想自己一个人走走。"

"姐，不行……"

"你在酒店等我，我很快就回来。"

"姐！"

离开花无缺之后，我一个人独自走在陌生的异乡街道上。我只知道纪清寒在旧金山，却不知道他是在哪一家医院里。

旧金山这么大，我究竟要去哪里找他？

询问附近几家医院无果的情况下，我正想着是否要去远一些的地方询问，冷不丁在附近最后一家医院的门口看见了一个熟悉的背影。

宋真？宋真什么时候到美国来了？

我跟着宋真进了医院，她朝着住院部的大楼走去，我一路尾随，电梯停在了"6"的字样。我从楼梯步行向上，六楼转角处的病房门是打开着的，我微微探头，看见了宋真。

她站在病床前，背对着我，病床上躺着的人被挡住，可我听得出他的声音。

"你不用每天都过来。"

是纪清寒。

他已经醒了，并且，他已经能正常说话了……

他为什么不联系我？

他不知道我在等他吗？

“没关系，我在这边也没事做，来这里走走。”宋真的声音依旧很甜。

我靠在转角的墙壁上，屏住呼吸。

“不用了，我自己可以。”

纪清寒的声音听起来有些虚弱，我很想问一问，他过得好不好。可我偏偏就像是双腿灌了铅，一步也动不了。

“Jim，你才刚醒没多久，如果你有什么事需要我帮忙的，尽管开口就行了。”

“谢谢。”纪清寒的声音很淡，让人听不出一点情绪。

会不会……他撞到了头部，留了些后遗症，记忆有些紊乱……他还没有想到要联系我？

“Jim……你要不要去联系她？”

宋真口中的她是谁，我过了很长一段时间才反应过来。她是在我说吗？

“不了。”他的声音很低很低，让人听不出半点的情绪，“我现在还不想联系她。我想有花无缺和何曼、姜桉他们照顾她，不会有事的。”

既然提到了花无缺、何曼和姜桉，那么他口中的那个人，一定就是我了。

为什么他不联系我？为什么他觉得我一个人可以好好的？

我不明白，我真的不明白。

这三个月是怎么熬过来的，我已经记不清了。无数次在小阁楼里惊醒，望着满天繁星，突然想到，美国和中国是有时差的，我们就连最简单的千里共婵娟也做不到。

“不跟她说真的好吗？”

他沉默了很长一段时间，而后道：“有比这个更重要的事情。”

比我更重要的事情，那是什么？

我等待着他的下文，冷不丁手机突然响了，声音很大，我赶忙按下接听键，转身离开了病房。

是花无缺的电话。

“姐，你在哪儿呢？怎么还不回来，天要黑了。”

“没事。”我笑了笑，过了很久，我才回应了他焦急的询问，“无缺，我想回国了。”

反正我来这里为的就是确定他还安好。

既然他安好，我便没有留在这里的理由。

既然现在他有更重要的事情要做，那么我选择无条件地相信纪清寒，我给他足够的空间。

我说过我会相信他，那我就一定要做到。

他说过他只有我，那我就一直等，等到他回来，回到我身边。

我和纪清寒之间，不至于这么不堪一击。

05

花无缺没有再问我急着想要离开美国的原因，既来之，我们便在旧金山逗留了两天。临了要买纪念品的时候，我看中了喜欢的，却想不到要给谁买。

他买了几样给姜桉和何曼，我便没有再破费。

花无缺给何曼买的是一条白金项链，价格不菲。

我看着他坐在飞机上发呆，笑了起来："你是想用这个来告白吧。"

花无缺的脸腾地就红了。

少男心思被拆穿，花无缺一路上的表现都格外蹩脚，我收敛笑意，心不由得沉了一下。我有些后悔在医院的时候没有进去问纪清寒为什么不跟我联系，我一个人兀自揣测，也不会想出什么头绪来。

花无缺本是满心欢喜，结果却没想到，在外地出差的何曼始终没有回来。

姜桉过来跟我们一起吃饭，他笑得满面春风："哈哈，还给我带礼物了啊！"

我点点头，道："花无缺买的。"

姜桉发现了另外一个纪念品。

"给阿曼的？"

"嗯。"

"话说回来，阿曼不是说出差就出去两三天吗，这都一个礼拜了，怎么还没回来？上次我打电话也没接，不知道啥情况啊。"

花无缺怔了怔，没说话。

我抽了姜桉一下，怒嗔："长途好不，何曼给你省钱知道不？"

但我明白，这个理由连我自己都说服不了，更别提别人。

所以，当两个星期都没能打通何曼电话的时候，花无缺说他要去找何曼。

然而，就在动身的前一天晚上，我接到了九九的电话。

九九？我在心里仔细想着。这段时间我已经辞去了永生的工作，到另外一家外贸公司做文员，和顾荆棘也失去了联系，九九现在找我是为了什么？

我按下接听键。

“想找何曼吗？沈星芒，明早九点半，我在能达等你。”

能达是C市市中心的一家酒店，距离我租赁的小公寓有很远一段距离。按照九九提供的房间地址，我很快抵达，房间门是掩着的，我推开门走了进去，房间里没有人。

房间不大，正对门口有一面墙，墙上有一扇门，是锁上的。

门旁边有一个柜子，柜子旁是沙发，沙发上有人坐过的痕迹。

我走到沙发旁坐下，约莫等了十多分钟，忽地听到墙的另一边有声音。

我很想敲一敲隔壁的门，光天化日可不可以小声一点。

但是这声音有些奇怪，女人的叫声似乎不是愉快，而是哭喊。我站起身走到墙边，伸手拉了拉门，锁得很紧，拉不开。

随后那边的声音变得更可怕，从原先的女人叫声变成了重重敲打的声音。

我瞬间坐立不安。

对面的声音一直没有减弱，甚至比刚才更加激烈刺耳。我再也按捺不住地站起身，走到隔壁的门口，敲门无果，我试探性地转动门把手，门开了。

我不可置信地望着门里的人：“花无缺？你怎么在这里？”

在我还来不及反应的空隙，他冲过来，将我逼在墙壁上，他抓住我的衣领，歇斯底里：“为什么？为什么不伸手？姐！你怎么能眼睁睁地看着何曼……”

说到最后，他说不下去了。

我顺着他的目光看去，房间右手边的玻璃墙里，何曼躺在沙发上，一丝不挂。

旁边站着的男人穿好衣服，从对面的那扇门离开。

那扇门打开的瞬间，我看见了门的另一边是我刚才所在的那个房间。

中间的那个房间是两面玻璃，一面隔着花无缺所在的这个房间，另一间隔着我刚才所在的那一间房。

可是我刚刚在那个房间里，那面墙根本就是不透明的！什么都看不见！

我想起九九昨晚给我打的电话。

我问花无缺："你怎么过来的？你为什么会出现在这里？"

"我收到了何曼的短信，她说她有危险。你呢？"

我从口袋里掏出手机，昨天九九给我打电话的时候用的不是自己的号码，即便有通话记录也没有办法证明这是九九打来的电话，更何况电话的内容我也没有录音。

他看着我，布满血丝的眼睛直直地望着我，像是一只被伤到极点的小兽："姐，不管你是因为什么样的原因，你都不能见死不救啊！"

我很清楚地意识到，我、何曼和花无缺都被算计了。

我看见何曼很快穿上衣服，她从对面的那扇门里走了出来。花无缺赶忙冲了出去，在何曼即将转过身的那一瞬间，我拉住了花无缺："不要，她现在不会想见到我们。"

"姐，你到底怎么了？！何曼现在需要我们的安慰，你怎么能如此凉薄？！"

花无缺的声音成功吸引了何曼，她转过身，面无表情地望着我和花无缺。

我的手僵在半空中，不知该如何反应。

“何曼！”花无缺跑过去，紧紧地抱住了她，“你还好吗？你还好吗？”

何曼没有说话。

她空洞的眼睛望着我，没有质问，也没有埋怨。

我突然觉得心头一紧，我很害怕这样的何曼。

花无缺见何曼没有动静，他摇了摇何曼的肩膀，她不说话，花无缺问我：“姐！何曼到底怎么回事？！她……”

“你冷静一点。”

“我要怎么冷静！”花无缺急得快哭了，他松开手走到我的面前，抓住我的肩膀，死死地抓住，不给我一点喘息的机会，“何曼都变成这样了，我怎么能冷静！姐，你怎么能这样冷静？！她是我们的好朋友啊！姐，你为什么摆出一副片叶不沾身的模样？我真是不懂！你怎么可以这样冷血？”

他当然不会懂，没有经历过挫折的男孩，怎么会明白我现在的冷漠？

我并非冷漠，只是我明白，再冲动也没有任何挽回的方法了。

纪清寒变成了现在的样子，何曼也惨遭欺辱，如果我再自乱阵脚，恐怕正中了别人的下怀。只是我唯独没有想到，陆九九竟会变成现在的模样。

我朝夕相处这么多年的挚友，竟会在短短的时间内，成为我心头又一根除不去的尖刺。

这根刺，比以往扎得还要深。

“难道要全世界的人都跟你一样哭天抢地，这才是最正确的解决方法吗？”

说话的是何曼，她冷眼望着花无缺。

“何曼。”我叫她的名字，试图让火药味不要这样浓烈。

“花无缺，不管事情究竟是怎么样发生的，现在再去追究，也没有任何挽回的方法。与其像一个孩子似的大发雷霆，不如理智一些，仔细地想想接下来应该怎么做。”

她说得漫不经心，好像刚才发生的事情与自己毫无干系，可我清楚地看到，她的身子在抖，何曼是真的受伤了。

花无缺委屈得要命：“何曼，我不是不冷静，也不是像个小孩子。我只是……我只是见不得你被欺负！何曼，你是个女孩子啊！”

何曼一声不吭，花无缺说的话，已经戳到她心里最疼的地方了，想必现在已然鲜血淋漓。

我试图说一些或是做一些什么来挽回现在的局面。

“女孩子，然后呢？”她冷冷地开口。

花无缺怔住，良久，他说：“何曼……我喜欢你啊！”

我知道花无缺喜欢何曼，却没想到他会是在这样的情况下向她表白的，这无疑是最糟糕的时机。

“喜欢我？”何曼反问，“喜欢我，你还会在乎这些吗？这也不是第一次了，花无缺，你确定你能接受这样的我吗？”

花无缺闭紧了嘴巴。

他睁大眼睛望着何曼，我也看着何曼。她朝我挥了挥手：“星芒，陪我一会儿，我要去个地方。”

我“嗯”了一声，越过花无缺走到何曼的面前：“走吧，要去哪里？”

她抬眼道：“警察局。”

第七章

/ 死结 /

01

我在警察局外等人，过了十几分钟，姜桉过来了。

他脸上早已没了往日的神采。

他问："阿曼怎么样了？到底是怎么回事？"

我摇了摇头："这是何曼的决定。让你买的东西带来了吗？"

姜桉从裤子口袋里掏出了一个纸盒子递给我，我接过他手中的矿泉水，转身走进了警察局。

何曼刚报完案出来，她理了理微微凌乱的头发，从我手中拿走了避孕药和矿泉水，轻声道："好了，我们走吧。"

姜桉了然，跟在后面始终没有说话，我和何曼走在前面，她的步子很慢很慢。

她很疼，我看得出来。

我想起何曼对花无缺说的话，一瞬间全部都明白了。

其实何曼也是喜欢花无缺的。

“我已经……”她突然停了下来，她抱住我，头靠在我的肩膀上。

何曼的声音颤抖着，不一会儿，我感觉到自己的肩膀湿了。她说：“星芒，我已经配不上他了。”

因为觉得配不上，所以不惜用冷漠的话语，将花无缺拒于千里之外。

“不会的。”我伸手抚摸着她的脑袋，柔声说，“放心吧何曼，一切很快就会过去的。”

所有的痛苦都会过去，总有光明的那一天。

相信吧，总有光明的那一天。

“不会了。”她抱紧我，抽噎了起来，“再不会有好的那一天了……”

“何曼……”我的整颗心都揪在一起，我不知道该怎么样安慰才能减轻何曼身体上和心上的疼痛。

她始终重复着这句话：“不会再好了。”

不会再好了，她说，这条路再不会有光明了。

我握紧她的手，等她睡着之后，我轻轻地拂去了她眼角的泪水，将她脸上的泪痕擦干净。

姜桉拉住我的手臂，严肃地问：“你要去哪里？”

“总要有人为这件事付出代价。”

“你现在要去哪里找付出代价的人？”

“我知道去找谁。”我顿了顿，道，“就算付出我的所有，就算何曼的未来不会再好，我也绝不允许那些人继续逍遥法外。”

我不管她陆九九曾经是不是我最好的朋友，只要犯了错，无论她是出于什么样的目的，我也会不择手段，让她为此付出惨痛的代价。

黄昏时分，我站在永生集团的门口，来来往往的都是曾经的同事，我们彼此礼貌性地打了几个招呼。

九九踩着黑色高跟鞋从公司里走出来的时候，我正靠在门卫处的墙壁上休息。

她看见我，笑了笑，迎了上来："等很久了吗？"

"不久。"我淡然道，"我想，你应该有话想对我说。"

九九按下车钥匙上的按钮，不远处的宝马车灯亮了起来。她从包里掏出一支烟点燃，放到嘴边轻轻地啜了一口，右手指缝夹着烟，她甩了甩茶色的大波浪鬈发，侧过脸来乜斜了我一眼道："看到花无缺因为何曼跟你反目成仇的场面，开心吗？"

我沉默了许久，问："为什么？"

"沈星芒，我之前告诉过你，任何伤害顾家的人，我都不会饶恕。"

她往车的方向走，我跟在她后面，道："这跟何曼有什么关系？"

"你、何曼、姜桉、花无缺，包括纪清寒，我一个都不会放过。"

她靠在车上，抬眸意味深长地望着我。

"什么意思？"

"字面上的意思。我不会让你们有一丁点伤害顾荆棘和永生的机会。"

我质问道："那么究竟是谁在伤害谁呢？是谁害得何曼变成现在的样子？陆九九，你为什么变得这样可怕？"

"嗬！"她冷笑一声，将烟蒂扔在地上踩灭，"我最信任的朋友抢走了我最爱的人，而你的那些莫名其妙的朋友处处来找我们顾家的麻烦，你以为我还会有所退让吗？"

果然，九九变成现在的样子，的确跟顾荆棘有关。

顾荆棘究竟说了什么，用了什么方法，能让九九变成现在的样子？

“那天我就告诉过你了，沈星芒，我们不再是朋友，不要拿你之前对我的好来肆意妄为，我不欠你任何东西。”

她拉开车门要走。

我抓住车门，沉声道：“陆九九，你已经犯法了你知道吗？”

九九轻蔑地笑了一声，毫不客气地踩下油门。

“那就让法律来制裁我吧。”她关上门，冷声道，“在那之前，我会把你们所有人全部送下地狱，一个都不留。”

说罢，车辆绝尘而去。

从那天起，花无缺失踪了，何曼也不见了。到警察局报了案，虽然抓到了之前在酒店里犯下恶行的嫌疑人，却丝毫动不了顾家一根汗毛。

一夜之间，我的至亲和挚友消失不见，就连姜桉都很少再出现。

没有了纪清寒，我仿佛彻底变成了孤家寡人。

直到有一天，我接到了一通电话，阿周告诉我，姜桉出事了。

02

姜桉爸爸在 C 市开酒吧，之前酒吧出了点事，被人举报，酒吧直接被封了。

按理说，酒吧这种地方发生一点事并不稀奇，但姜桉他爸的酒吧偏偏运气不好，留下了证据，被人抓个正着，姜桉他爸被拘留了。

接踵而至的便是我的劫难，租赁的小阁楼到期，有人花了更高的价钱租下了我的房子；工作不顺心，最后老总将薪水交给我，通知我再也不用来公司上班，寻找新的工作连连碰壁，最后不得不向生活低头。

我没有行李，离开阁楼的那一天，我在车站附近的青年旅社睡了一夜。

我打开手机，拨出了纪清寒的号码。

“对不起，您拨打的电话已关机，请稍后再拨。”

我又拨了一遍。

“对不起，您拨打的电话已关机，请稍后再拨。”

我再次按下纪清寒的号码。

“对不起，您拨打的电话已关机，请稍后再拨。”

“……”

我蜷缩在青年旅社下铺，紧紧地裹着被子，白色的月光透过窗户照在被子上，房间里还有老鼠磨牙的声音，我忽地就想到，曾经在小阁楼里，也有一只天天磨牙的老鼠。

纪清寒说，这老鼠就像你，天天睡觉磨牙，没有安分的时候。

我驳斥他，把他摁倒，他顺势抓住我的手臂，把我往他身上拉。我就这样贴在他的胸口，感受他胸口狂躁的心跳声。纪清寒的唇贴了过来，他说：“星芒，你是我的。”

我点头，笑起来：“是啊，我是你的。”

这个对谁都不会低头的偏执狂，总是用最温柔的话语抚平我心头所有的不安与失落。他让我深信不疑，这一生我都不会与他分开，我们是一体的。

我对纪清寒说：“我只有你。”

我们互相拥抱，相互取暖，像两只拔光尖刺的刺猬，成为彼此唯一的依靠。

纪清寒，我快撑不下去了。

你让我一个人如何面对这样的劫难？

为什么你始终不和我联系？

纪清寒，你还爱我吗？

纪清寒、何曼、花无缺、姜桉……所有人，都遭受了本不该承受的痛苦。我要怎么办才好？我要怎么做才能保护他们？

纪清寒，你告诉我，我要怎么做才好？

我斗不过顾荆棘，斗不过陆九九，我输了，彻底输了。

我们不斗了好不好，我们回到从前，回到那些不谙世事的日子，做最初的我们，让这所有的一切都不要发生，好不好？

纪清寒，你回来好不好？

你回来吧。

我求你了。

梦里我回到了很多年前的那个夜晚，永生集团游轮发生特大火灾，数人遇难，我抱着蛋糕走在医院的长廊上，纪清寒就站在我的对面。

“星芒，我在这里。”

他朝我伸出手，我站起身，想要抓住他。

“纪清寒……”

“星芒，我回来了。”

“真的吗？你真的回来了吗？”

“嗯，我回来了。”

我终于抓住了他的手，可他的手却寒冷如冰。

我蓦地睁开眼。

白天，没有乌云，也没有阳光。

我在青年旅社逗留了几天，几乎花光了身上仅剩的最后一点积蓄。

天雾蒙蒙的，我站在公交车站台，拖着行李，拿着仅剩的几枚硬币，抬头看，一排公交车站牌横在我的眼前。

我该去哪里？我低下头，苦笑了起来。

我握紧手机，在想到一个人的名字时，心忽地一亮。

……还有一个地方。

自从爸爸去世之后，我就没有再联系过那个人。即便父亲生前坐上了大外科主任的位置，可走的时候，还是没能落下一个好名声。

人就是这样，从来不做好事偶尔做了一件好事，别人感激涕零。可做了一辈子好事的人，只要做错了一件事，那就是臭了名声，再也落不得半句好话。

爸爸就是这样沦为市中心医院茶余饭后的笑柄，最终郁郁寡欢，离开了这个世界。

爸爸生前有个最好的医生朋友，姓徐，和爸爸一样都在大外科，两个人志趣相投，经常一起做些常人意想不到的研究，在当地医学界小有名气。

徐医生和蔼可亲，对我也很是照顾。我想，他应该是唯一能帮助我的人了。

徐医生请假在家，我站在他家所在单元的转角处，正准备迈上最后一层楼。突然，徐医生家的门从里面打开，我就这样在毫不知情的状态下望见了顾荆棘。

他从徐医生的房间里走出来，彬彬有礼地朝着对方鞠了个躬准备离开。

顾荆棘为什么会在这里？他来找徐医生？如果是看病也应该是在医院，出现在这儿多半是因为私事。究竟是为了什么事呢？我百思不得其解。

正当他准备走的时候，徐医生发话了：“有一件事，我还是要提醒你一句。”

“徐医生但说无妨。”

“虽然永生集团在我所做的研究项目上给了我很大的资金帮助，为顾公子办点事也是我应该做的。但你也知道，药物催眠对大脑有一定的伤害，尤其是长时间服用药物，会对脑部造成不可挽回的创伤。而且，从催眠中苏醒过来是很痛苦的，因为被催眠者无法从一个幻境中转到另一个真实的境地中，可能会无法承受这样的痛苦。总之……顾公子，我建议你还是早日让这个人苏醒过来吧，时间拖得越长，就越……”

顾荆棘打断了他的话：“我知道的，不劳徐医生费心，没事的话我就先走一步了。”

药物催眠？

顾荆棘对谁进行了药物催眠？

难道是……

我想起那个时候九九不正常的眼神，能神不知鬼不觉地进行药物催眠，且瞒住所有人的眼睛，那么九九是顾荆棘最好下手的对象，也是唯一有理由下手的对象。

他催眠九九，实施自己的报复计划，到最后，即便是计划失败，那一切罪责也都是九九来承担，只要他不让九九苏醒，那九九就会一直沉浸在幻象之中。

啧，真不愧是顾永生的好儿子！

我再也无法装作什么都不知道，我站起身，想要拦住顾荆棘的去路。谁知就在我想喊住他的瞬间，有一双手从后面死死地捂住了我的嘴巴。

我回头一看，吓了一跳，是姜桉。

自从姜桉爸爸出了事之后，姜桉就一直没有再出现过，他怎么会出现在这里呢？

等顾荆棘走后，姜桉放开手，他抓住我的肩膀说道："星芒，你不能冲动。"

"你怎么在这里？"

"我爸的事情我托人查清楚了，是陆九九搞的鬼。这几天我一直在暗中观察陆九九的行踪，恰好看见了顾荆棘，我是跟着他到这儿的。"

我点了点头，问："何曼怎么样了？"

"何曼失踪了，花无缺去找她了，找到了，现在正在往回赶。"

"何曼去做什么了？为什么会失踪？"

姜桉的目光一暗，没有说话。

我了然。

何曼不是失踪，他们早就发现九九不对劲了，何曼又擅自行动去查了。

我苦笑了一声："能查到什么？"

我抓住姜桉的衣角，问道："就算拼尽全力，能查到什么？永生集团做过的事情已经永远沉没在水底了，死人也不会再站起来说话，这一切就只能成为秘密，永远都不可能再平反了。"

"重要的不是查到什么，重要的是，做过这一切的顾家人，必须接受法律的制裁。他们不回头，就会源源不断有人受到伤害。”

我蓦地怔住了。

我到底在想些什么……怎么可以放弃？爸爸、纪清寒、何曼、姜桉、九九，还有我，都是永生集团为了向上爬不惜践踏的牺牲品，我怎么能在这个时候想放弃呢？

如果我放弃，纪清寒的苦不就白受了，谁来偿还这罪责？

我转过身走上楼，按下了门铃。

姜桉走过来抓住我的手臂：“星芒，你要干什么？”

“你放心，我知道我在做什么。”

过去的事情不能再挽救，最起码，现在和将来发生的事，我还能尽力去改变。

03

姜桉问我，你怎么知道你爸爸当年的死和徐医生有关系？

我告诉姜桉，我在诈他。

并不尽然。

父亲生前留下的那本病历记录一直记载到他最后一台手术，也就是他死之前所做的那一台让他身败名裂的手术，而这台手术的病人先前是徐医生的。

爸爸是大外科正主任，徐医生是副主任，两个人一起准备了一个研究项目，但由于上面一直没有拨款，这个计划只能暂时搁置。爸爸抑郁的原因有两个：一是他造成了一场巨大的医疗事故；二是之前永生集团答应赞助爸爸所做的研究项目，由于那一场医疗事故，爸爸被剥夺了参与项目的权利，可那个项目几乎耗尽了爸爸这一生所有的心血。

是徐医生背叛了爸爸，是永生集团的要求。在利益和情义面前，徐医生选择了利益。

病人是爸爸从徐医生手上接下来的，因此对于之前医疗报告的真实性，爸爸从来都没有怀疑过，这才导致了悲剧的发生。

这是我的猜测，却没想到是事实。

徐医生愿意告诉我让九九苏醒的方法是因为他心里有愧，他亏欠我们花家。

就像花无缺愿意千般万般地对我好，还有一部分深层的原因是，政治家的家族里绝对不允许一个杀人犯和一个有污点的医生存在。

而我和爸爸，偏偏就是这样的存在。

所以穷途末路的我也没有想到去求花家的人，他们虚伪又可笑。

姜桉拍了拍我的肩膀，念道："不要再去想那么多了，星芒，你是个好姑娘，好人会有好报的。"

我不信。

纪清寒也是好人，上帝却也没给他多大的优待。

想到纪清寒，我的心又一沉，想来，纪清寒已经足足有半年杳无音信了。

他在美国还好吗？他有什么苦衷不跟我联系呢？我……还能再见到他吗？

我正想着，冷不丁手机一响，在偌大的会场里显得格外的刺耳，我赶忙滑动屏幕接听电话，走到会场的角落里通话。

是一个陌生的号码，可等对方一开口，我就知道是谁了。

是宋真。

她为什么会来找我呢?

我想到之前在旧金山的医院里，是宋真在照顾纪清寒。

她打来电话是想告诉我什么呢? 是炫耀呢，还是告诉我一些真相或谎言让我心里不痛快?

于是我对她的态度并没有充满善意，我只是用很冷的声音对她说："有事吗? "

"纪清寒回国了。"

我握着手机的手微微颤抖了起来。

"你想说什么? "

"你去过旧金山了对吧? "

我没有说话。

"之前在医院的时候，有个护士告诉我，有一个中国女孩一直站在纪清寒的病房外，按照她的描述，我便知道那是你。"

我笑了起来，等待她的下文。

"你在怪我吗? 星芒。"

我答得很快："没有，你想太多了。"

"其实我想告诉你的是，幸好那天你没有进来，如果你进来的话，对你，对 Jim 都不会是一件好事。"

我不明白宋真打来这通电话的用意，耐着性子听了半天，依旧是摸不着头脑。我这才开门见山地问："你想告诉我的到底是什么? "

她沉默了很长一段时间，久到我以为她已经挂断了电话。

而后，她说："星芒，我和纪清寒结婚了。"

仿佛是在那一瞬间，天地变成了黑白两色，我眼睁睁地看着台上的主持人的嘴巴一张一合，我的耳朵听不见任何声音，只有“嗡嗡”的刺耳声音一直盘旋着。

我靠在墙壁上，试图让自己站起来，可我失败了，我只能贴着墙，缓缓地跪坐在地上。手机从我的右手滑落，掉在地上，屏幕黑了下去。

——星芒，我和纪清寒结婚了。

——纪清寒回国了。

他回国了吗？他为什么不联系我？为什么对他仅有的一点了解还是从别人的口中得来的？为什么……纪清寒为什么会和宋真结婚？！我不信，我不相信！

我的手里还握着药物催眠的刺激性解药。

徐医生说，顾荆棘来找他已经有很长一段时间了，那么九九的情况一定不容乐观。如果按照正常的苏醒途径是需要时间的，但我们不具备这样的条件，所以我只能选择一次性地对九九被麻痹的大脑进行刺激，这样才能让她从幻境中清醒过来。

来到今天的招标会，是因为九九也会出席，这样我才有机会行动，可现在的我，已经没有力气再去想其他的事情了。

“星芒，你怎么了？”是姜桉。

姜桉找人弄来了两张邀请函，这才混了进来。

今天的招标会，表面上看就是个酒会，各个公司的老总和家属谈笑风生，好不融洽，可谁不知这里头实则暗潮汹涌，你争我夺。

姜桉把我从地上拉了起来，我抓住他的手臂，说：“纪清寒回国了……他回国了……”

我望着姜桉，他并没有多余的惊讶，而是淡淡地偏过头去，没有说话。

我愣住了。

“你知道……姜桉，你知道是吗？！”我后退了一步，差点栽在地上。姜桉扶住我，被我狠狠地推开。

我死死地抓住他的衬衫衣角，不可置信地低吼：“为什么……为什么不告诉我？！”

姜桉张开嘴，欲言又止。

姜桉他早就知道纪清寒回来了，他是不是还知道纪清寒和宋真结了婚?

他试图安抚我的情绪：“星芒，你先冷静一下，等酒会结束之后，我再跟你细说。”

“我要怎么冷静……”我甩开他的手，头也不回地往洗手间走。

姜桉在身后，我转过身去，难以抑制自己的悲痛，怒吼：“你到底要我怎么冷静？！是不是所有人都知道纪清寒回来了，就我一个人不知道！”我伸手捂住脸，不停地喘着粗气，几乎无法呼吸，“还是说，纪清寒让你们所有人都不要告诉我他回来的消息？”

“星芒！”姜桉打断我的猜测，“你不要再乱想了，等出了会场，我把所有的一切都告诉你，现在人多嘴杂，我不能说。但你要相信，我们所有人都没有骗你，而且阿寒也不是故意要瞒着你的啊。”

话刚说出口，姜桉就一副后悔不已的表情。

我长舒了一口气，原来我的猜测都是正确的。

“如果不是故意要瞒着我，为什么不跟我联系？”我笑了一声，没有再看姜桉，“你是不是觉得我无理取闹？姜桉，你爱过一个人吗？”

他没有说话，我也没有等他的回应，自顾自地开口道：“关于纪清寒的一切，我们回去之后再说，现在有比搞清楚这些更重要的事情。”

我握紧手中的药瓶。

在此之前，九九，我先来救你。

今天的招标会几乎吸引了附近所有的开发商，听说这次的项目很大，三年不开工，开工吃三年，多少家公司都想着要吃下这个项目。

在所有的投标公司中，综合实力最强、最有机会获胜的就是永生，大老远我就看见站在会场正中央的顾荆棘和陆九九。

会场很大，正厅是正方形，三面有门，门外是走廊。会场的布置巧妙，主色调是蓝色的，没有一般酒会金碧辉煌的庸俗感。

所有投标的企业代表都带着精心准备的方案，当然还会顺带带一个美若天仙的女伴，这些女伴最终是谁会走进招标商的车还说不准。放眼望去，九九的气质出类拔萃，一身火红的长裙将姣好的身段衬得格外亮眼，瞬间就成为全场的焦点。

这种商业间的角逐，向来都是尔虞我诈，容不得半点心慈手软。

倘若女人是能利用的手腕，为什么不用呢？

现在，九九就是顾荆棘最好的武器。

我的目光一直追随着九九，手上拿着掺入药水的红酒，没有料到突然有人出现在我的身后，他钩住我的脖子，用只有我们两个人能听到的声音说："好久不见，沈星芒。"

我想要挣开他，却失败了。

他的动作看似慵懒，手劲却很大，丝毫不给我挣脱的机会。

"看来你很想见到我啊，顾荆棘。"

"那当然。"他松开手，走到我面前，勾起唇角轻声说，"我真是很想看看，最近你是如何惨兮兮的。"

我冷笑一声，说道："卑鄙。"

顾荆棘哼道：“成功的人从来不在意自己的手段是否拙劣。”

“你一定会成功吗？”我反问他，“顾荆棘，我们还没走到最后呢。”

“纪清寒、姜桉、何曼，还有陆九九，都是最好的例子。”他的目光一沉，继而说，“对了，还有你那个可怜的弟弟。被你最亲的弟弟憎恶的感觉怎么样呢，沈星芒？”

“花无缺是无辜的。”

“我母亲也是无辜的，那谁来为她的死负责？”

我冷冷地睨了他一眼：“你母亲原本就是肝癌晚期，即便那场手术成功，你母亲也熬不过那一年的冬天。”

他的眸子里划过一丝惊恐与不可置信。

随后，顾荆棘恢复了以往的镇定：“不要再为你父亲的罪责开脱了，他不配。”

“顾荆棘，我不会让你得逞的。”我转过身，从身侧的桌子上拿起另外一杯红酒，往九九的位置走去。

04

九九眸光潋滟，嘴角微微上扬到一个恰到好处的位置，忙着在一些金主身边周旋，等我走到她的面前，她才吝啬地给我一个眼神。

她的目光很冷，让人看不出里面有多余的情愫。

她踩着十几厘米的黑色漆皮高跟鞋，抱着胸居高临下地望着我。

“九九，我有话跟你说。”我握紧手中的酒杯。

“姜桉他们家的事是我做的，你还想说什么？”她脸上的笑容更浓了，“沈星芒，你想报复我吗？”

我沉声：“你所做的我都知道。从今往后我们不会再和你们顾家有一星半点的联系，你放心吧。我只是想敬你一杯酒，相逢一笑泯恩仇。”

我举起酒杯，递过去。

她望着我手中的酒杯，我握得很紧，生怕被她看出半点端倪。

“好啊。”她接过酒杯，笑道，“沈星芒，我给你这个面子。”

她抬眸看了我一眼，眼里有锋芒。

“但并不代表，从今往后，我就会放过你们。”

就在她即将把红酒一饮而尽的时候，忽地有一只手横在我和她中间，顾荆棘从她的手中抢过酒杯。

九九不解地望着他。

我也佯装不解地把目光投在顾荆棘的身上。

他回敬我一个万分锋利的眼神。

“司机先回去了，我喝酒了，你就别喝了，等会儿你开车。”理由看似天衣无缝，九九笑了一下，温柔又腼腆。

意识到顾荆棘的目光从那杯红酒上转移开，我有些不甘心地舒了口气。

还没等我反应过来，顾荆棘突然搂住了我的腰，他凑在我耳边，轻声笑了起来：“今天，做我的舞伴。”

我咬牙道：“你又想干什么？”

“带你去见一个人。”他在我耳边吹了口气，笑道，“你最好乖乖站在我旁边，否则，我有办法让你和姜桉今天别想出去。姜桉的父亲现在还在局子里，你可不想再招惹些什么是非吧。”

我没有说话，又听见他说：“还有，你手上的这杯酒。”

我的心蓦地一抖。

他知道！

“你还真是可怜啊顾荆棘，已经卑劣到连自己的妹妹都要利用了。”

他搂着我的肩膀，朝遇见的宾客微微一笑，凑到我耳边说：“不过是一个想要瓜分我们顾家家产的小人罢了，这种人被利用对她而言是一种荣耀，难道不是吗？”

我知道，不论再说什么也无法改变顾荆棘心里对九九根深蒂固的看法。

无奈顾荆棘此时已经扼住了我的命门，我只能暂时顺遂了他的意。

然而就在我抬头望向前方的那一瞬间，我就这样毫无预兆地同面前的男人打了个照面。

手中的酒杯“啪”的一声掉在地上，摔得粉碎。

我愣愣注视着眼前的人，他的眉眼深邃如星辰，顷刻间又沉静得如同深海的死水。

纪清寒为什么会在这里？他回国之后为什么会出现在今天的招标会？他……他到这里是为了找谁？

没有人知道我会在这里，更何况是纪清寒。

他来这里不是找我的，他还有别的目的。他的目的究竟是什么呢？

我想不动声色地从顾荆棘的怀里挣开，可顾荆棘死死地扣住我的肩膀，不让我动弹。

他对着纪清寒笑了起来，说：“没想到在这里还能见到纪先生，真是好久不见了。”

纪清寒没有回应他，目光紧紧地锁着我。

头顶刺目的灯光投在纪清寒的身上，将他整个人照得更加瘦削。他今天穿了一件黑色的西装，西装熨烫得很平整，可他以前从来都不会穿西装的。半年没见，他比以前更加清瘦了，脸上的肉都没了，颧骨比以前更加明显，我看向他的脸，突然很想抱抱他。

我想问他过得好不好？在美国还适应吗？有没有想起我？

“我想，应该不是好久不见吧。”话是对顾荆棘说的，可他却连一个眼神都懒得分给顾荆棘，“顾总最近不是很关注我的动态吗？”

“此言差矣。我只是比较关心她而已。”顾荆棘朝我努了努嘴。

纪清寒停顿了三秒钟，随后，他走到我的面前，一把抓住了我的手腕。

“跟我走！”

与此同时，顾荆棘抓住了我另外一只手。

纪清寒转过身，漆黑的眸子冷冷地盯着顾荆棘，他压低声音说道：“放手。”

顾荆棘加大了手上的力度，嘴角依旧保持着适当的弧度。

“如果我不放呢？”

两人僵持不下，一时间，偌大的会场里满满的都是火药味，气氛剑拔弩张，几乎在场所有人的视线都被吸引了过来，作为话题中心，我多少有些不安。

我不希望纪清寒因为我再次和顾荆棘发生冲突，之前的事让我心有余悸。不论纪清寒之前是出于什么原因不联系我，可顾荆棘的阴狠我领教过，我不希望纪清寒再蹚这浑水。

“我再说一遍，放手。”纪清寒咬紧牙关，青筋暴起，我知道纪清寒要发怒了。

所以我用很轻的声音对他说：“今天我是顾荆棘的舞伴。”今天，我是顾荆棘的舞伴，所以今天我要拒绝的人是纪清寒。

纪清寒始终拉着我的手，丝毫不顾及周遭人的目光，直到我慢慢地从他的手中挣脱开来，他这才松开了。

事态的发展让我们始料不及，我以为自己是在息事宁人，却没想到引发了九九的不满。

她踩着高跟鞋走到我面前，在我来不及反应的空隙，直接甩了我一个耳光。

现场有人爆发出一声尖叫，刚刚才转移的目光又一次聚拢了过来。

她瞪着眼，怒道："你就是这样勾引别人的吗，沈星芒？"

她还想打，冷不丁手被纪清寒给抓住。

她侧过脸来，不满地与纪清寒对视，怒道："你想做什么？纪清寒，你管不住自己的女人吗？非要让她出来勾引别人？！"

一言既出，四下议论纷纷。

"那女的是顾家的女儿吧？"

"又不是真的流着顾家的血，也不知道骨子里的傲气哪里来的，什么场合就敢动手，真是没有修养。"

"刚才她说被打的那女的是纪清寒的女人？"

"怎么可能，纪清寒不是都在国外结婚了吗，怎么还有女人？"

"估计是小三来找碴儿吧……看看他们怎么说。"

从刚开始的议论到后来的哗然，不断有难以入耳的字句钻进我的耳朵里。

我抬起头，冷冷地望着陆九九扭曲到一起的脸。曾几何时，她曾经拉着我的手对我说："阿藻，你是我这一生最信任的人。"

被最信任的人背叛，是一种什么样的感受，我已经无力再去诉说我的苦楚了。

我想起了顾荆棘手中的那杯酒。

"给我。"

他后退了一下，我扑了空。

顾荆棘晃了晃高脚杯，酒红色的液体底部，有一粒细小的白色药片还尚未溶解。他啧啧两声，问："这不是你刚才准备敬的酒吗？这里面是什么？"

他话音刚落，瞬间吸引了九九。

九九看了眼酒杯里的东西，指着我的鼻子骂道："沈星芒！你想害我？！"

她疯了似的不肯松口，现场顿时乱成了一团。

我静静地摇头，说道："陆九九，我是在救你。"

"救我？这里面是什么东西你要救我？"

"什么都没有。"

"什么都没有？那你喝下去啊！你喝下去我就相信！"

她咄咄相逼，我被逼到了绝路，再退一步就是万丈深渊。

我看着九九从顾荆棘手中抢过那杯酒，直直地递给我，那杯酒红色的液体就像是全世界最毒的毒药放在我的面前。

现在的九九几乎快丧失理智，多说无益。

我拿起酒杯，一饮而尽。

05

后来招标会上发生了什么我已经记不清了，我只记得那一天，我狼狈地逃离，像是一只丧失了方向的小兽。

姜桉一直晃我的肩膀，问我怎么了。

我摇摇头："我很好，只是任务失败我有一些不开心。"

我喝下有问题的酒这件事，姜桉并不知情，他问了半天没能得到结果，只能作罢。我一个人坐在房间里，墙上的钟发出轻微的声响，夜晚寂静得可怕。

姜桉得知我的近况之后，他接我在何曼的家里暂住，闲暇时会过来照料我。

他从厨房给我热了一杯牛奶，准备要走，我叫住了他。

"纪清寒的事，你是不是早就知道了？"

"……"姜桉没有立刻回答，这样的沉默让我感到恐惧。

原来我真的是最后一个知道的人。

"那么他在美国和宋真结婚也是真的了。"

"星芒……"姜桉走到我的面前坐了下来，他按住我不断颤抖的手，安慰道，"事情不是你想的那样，阿寒这样做是有原因的，他……"

我试图让自己冷静下来。

"我并不曾想，他能够告诉我事情的一切原委，因为我相信，他做任何事都有自己的理由，也有自己的苦衷，我说过我会信任他，就会无条件地相信他所做的选择。我只是难过，这么久了，他都从来没有想过要联系我。"

"星芒，他是有苦衷的！他不是故意不联系你的啊……阿寒他……"

"叮——"

门铃响了，没有等待的时间，门外的人开始用力地敲门。

我站起身："我去开门，你歇一歇吧，你也很累了姜桉。"

然而开门的那一刻，我彻底愣住了。

我没有想到纪清寒会过来找我，打开门是一阵扑鼻的酒气，纪清寒的脸很红，他靠在门外的墙上，身上还有厚厚一层灰尘。

门外的灯很暗，我看不清他的表情，只能勉强辨别出，即便醉了，他的眼睛都是亮的。

我想念那样的眼神太久。

真的太久太久了。

“星芒，你在吗？谁在外面……”声音戛然而止。

我关上门，对姜桉说：“你先回去吧，我出去走一走。”

公寓楼的灯忽明忽暗，纪清寒站在我的对面，他靠在墙上，头低着，细碎的头发耷拉在额前，我看不清他脸上的表情。

我往前走了一步，纪清寒没有动，我伸出手想摸一摸他的脸，可手悬在半空中，迟迟没有落下去。

我们就这样保持着不近不远的距离，我张开嘴，想问一问他的近况。

然而，他却抬起头，朝我走了过来。

纪清寒向我逼近，他把我逼到门上，然后整个人直接压了下来。

纪清寒从来没有这样吻过我，他的唇齿间都是酒气。我抿住嘴唇，他毫不温柔地撬开我的牙关，不给我一丝一毫后退的机会，我的后背抵在冰冷的门上，前面迎接我的却是温柔似火的缠绵。

仿佛火山喷发的热度，我被纪清寒的吻彻底包围了。

似乎有一万只小虫顺着我的脚底一直往上爬，不肯放过我的每一寸肌肤，我蜷缩着脚趾，在他狂风骤雨般的亲吻里无法自拔。

我有多想念纪清寒，又有多想念他抱着我、亲吻我的感觉，可不是现在这样。比起亲吻和拥抱，现在纪清寒对我做的更像是一种泄愤。

只是我不明白，他在愤怒什么呢？

他在愤怒我今天选择了顾荆棘吗？

他又有什么资格因此感到愤怒呢？

直到他离开，我靠在门上，重重地喘着粗气。

纪清寒一拳打在我身后的门上，他另一只手捏住我的下巴，他怒吼道："沈星芒，你想怎么样？！我到底该拿你怎么办？！"

我的头嗡嗡作响，骤然间疼得厉害。他的脸在我面前由一个影子变幻成多个，却始终不能重叠在一起，我摇了摇头，疯狂地想要自己平静下来。

"我说出口，就无法保护你，可我不说，就会让你难受、让你误解……"他缓缓地低下头，最终他的脑袋停在了我的肩膀上，他身上的重量加在我的身上，我的心更沉了。

他用近乎绝望的声音对我说："星芒，我该怎么办？"

纪清寒，如果可以，你能不能也告诉我，我该怎么办才好……

你走之后，何曼受了这样的委屈，花无缺与我反目成仇，姜桉的爸爸进了局子，九九被催眠去做伤天害理的事情，明明知道这一切都是顾荆棘搞的鬼，可我什么也做不了。

纪清寒，我呢，我又该如何呢……

最后，在巨大的悲苦中，我颤颤巍巍地抱住了纪清寒。

我想念这样的怀抱，两个人彼此相拥，没有万物、没有天地、没有时间、没有死亡，有的只是彼此身上唯一的一点温度，如同萤烛之火，也不曾想过与日月争辉，只要这一星半点的温暖，就足以支撑彼此再走很远很远的一段路。

我哑着嗓子，问："为什么不来找我？"

他的声音很低："对不起。"

可我想听的不是对不起，我只是想要一个理由，再蹩脚都可以，我只要他告诉我，这半年来他想着我，没有联系我是有苦衷的，和宋真……

也是有苦衷的。

我微微松开手。

“你还好吗？”

我的头胀痛得厉害，仿佛有什么死命地扼住我的喉咙，连呼吸都困难。

身后的门猛地被人从里面推开，姜桉一把扶住我摇摇欲坠的身子，在失去意识的前一秒，我死死地攥住纪清寒的衣角：“带我去洗胃……”

尽管身体还没有完全恢复力气，但我的意识已经逐渐恢复过来。

我听见有人在叫喊，我还知道，医院手术室的门是冰冷的。

在我还没有醒来的这段时间里，我用微弱的意识理清了这一段时间发生的所有事，也是在那一刻我终于想明白了永生集团为什么要置我爸爸于死地。

倘若十一年前的那一场大火真的是顾永生和宋琴的阴谋，那么为那些幸存者做过手术的爸爸很有可能明白，这不是一场单纯的火灾。而且我知道，爸爸生前的确调查过这件事，因为灾难发生的那一天晚上，爸爸看到纪清寒妈妈时候的表情，我注意到了。

纪清寒的妈妈是我爸爸的初恋。

这也是后来我翻开爸爸留下的本子才知道的。

爸爸已经查出了一些东西，所以永生集团不得不灭了我爸爸的口。

只是顾荆棘尚且还不知道他父亲犯下的滔天大罪，只知道我爸爸放弃了救治他那个已经是癌症晚期的母亲，他对我的憎恨是因为我爸爸去世才完全遗留在我的身上的。

还有一点。

我是陆九九最好的朋友，而他恨陆九九。

很多年后我才知道，顾荆棘所做的这些还有一个不可抗拒的因素，可惜若是我早一点知道，这一切就不会发生了。

当然，这是后话。

我醒来时是在一个晴朗的午后，七月初的阳光很亮，照在床边人的头发上。

意识到我醒了，那人直起身子，问："你还好吗？"

胃里仍是一阵翻江倒海的痛，我摇了摇头道："我没事。"

纪清寒和姜桉都不在这里，我又问："你什么时候回来的？"

"我昨天回国的，之前给你打电话，我意识到你不太对劲，所以我想有些话我要跟你说清楚。"

我靠在枕头上，侧过脸来望向宋真。

她的脸看上去很憔悴，大抵是还没调整过来时差。

"不用心怀愧疚，你对我从无亏欠。"

"也不是心怀愧疚，星芒，我们就当旧友聊聊天，好不好？"

我闭上眼睛，没再拒绝。闭上眼睛的那一瞬间，我的眼前又浮现起纪清寒大婚的场景，这一次，比以往的每一次都更加真实和残忍。

"我和纪清寒是在美国结的婚，只是口头协议，没有法律保护，也没有酒桌宴席。"

闻言，我蓦地睁开眼睛。

我有些不可置信地望着宋真。

她舒了一口气，继而道："刘家老爷子死的时候，一定要 Jim 带一个女孩过来，这是老人家的遗愿。还有，你要知道，除了他以外，刘家虽然没有嫡亲的后代，但总归有一些远亲，虽是远亲，可谁不是对这块肥肉垂涎欲滴啊。Jim 一直不联系你不是因为不想去找你，而是因为他的每一通电话都会被人监听，他生怕你有危险。也正是利用了这一点，他给姜桉打电话说，他和我结婚了，包括我给你打那通电话，都是因为我知道 Jim 去了招标会，为了避免你们两个人打照面，这才想办法让你回去的。”

宋真顿了顿，接着说道：“Jim 一开始不愿意接受刘家的一切，可是老爷子说了一句话，他动容了。老爷子说：‘连一个后盾都没有，你凭什么让你爱的女孩幸福。’所以，星芒，Jim 所做的这一切都是为了你啊。”

宋真望着我，眼里有泪光闪动。

“我承认，我喜欢他很多年，我之前对你有所隐瞒，是我不想让你误会，比起纪清寒，我更珍惜你这个朋友。星芒，Jim 是爱你的，他只爱你一个人。即便我曾存有私心，希望他真的能够爱上我，可每日每夜在病房里，他都没有对我产生一星半点不一样的感情，我就知道，对于他而言，只要一个沈星芒就够，其他人不论好坏，他连一眼都不会去看。”

宋真握住我的手，轻声道：“星芒，请你原谅我。假扮他的妻子是我提出来的，Jim 一直都是拒绝的。我希望你不要因为这件事怨恨他。”

我又怎么会怨恨他呢？我相信他所做的一切都是有苦衷的，他终究有一天会向我解释清楚。

他说他只有我，我便深信不疑。

第八章

/ 永别 /

01

纪清寒之所以出现在那天的招标会上，是为了抢下那笔单子。酒会上出了点事，招标便顺延到下周。

我在医院住了一个星期，纪清寒很忙，每天都在处理公司里的大小事务，再见到他，他仿佛又憔悴了好多。

从男孩到男人的蜕变，他只用了半年的时间，我很怀念以前的纪清寒。

他变得世故，不再那么锋利，慢慢地学会冷静，可他依旧是个偏执狂，认定的事情绝不妥协，认定的人也绝不放手。

后来我见过一次何曼，她恢复得还不错，脸上渐渐有了色彩。花无缺跟在她后面，从头到尾都闷着脑袋，直到要走的时候，花无缺才从门口折了回来。

“姐，从D市回来的路上，何曼向我表白了。”

我点了点头，问：“然后呢？”

“然后我犹豫了，何曼说，我其实不爱她。”何曼在门外等，花无缺走到我的床边，朝我深深地鞠了一躬，“姐，一直以来都是你在帮我，我还要埋怨你，是我不对，是我对不起你。”

我摆了摆手：“我们之间不谈这些。”

“姐，你出事的时候，我爸妈不让我管你，姐，你都没有恨过我，也没恨过我爸妈……”

“恨过。”我轻轻笑了起来，“我恨过全世界，恨过你也恨过你爸妈。”

“姐……”

“所以你不用再觉得我是个圣人了，你没有亏欠我，无缺，咱们扯平了。”

花无缺望着我欲言又止，我闭上眼，不再同他说话。

两个人走了没多久，纪清寒过来了，他把午餐放在床头柜上，我偷偷瞄了他一眼，他没有说话，放下东西就准备要走。

谁知他前脚来，姜桉后脚就赶到了。

姜桉火急火燎地说：“阿寒，有证据了，之前我跟踪了一个礼拜……”他还要说，却被纪清寒制止了。

我赶忙闭上眼。纪清寒做了个手势，两个人便相继走到了外面。

我轻手轻脚地起了床，贴在门背后。

“之前何曼去D市，找了几个之前在永生集团但是突然间被辞退的高管，终于打听到了，永生最近的一个工程发生了意外，死了好几十个人，用的都是无依无靠的外来民工，便把这件事情压下去了。”

纪清寒问：“那些人呢？”

“听说被埋在了工地的下面。”

我倒抽了一口气。永生新的那个工程应该就是之前炒作得沸沸扬扬的新项目，那是个大工程，前景一片光明，没想到出了这种事……

如果姜桉说的是真的，那么永生集团犯下的罪行，恐怕还不止十多年前那一件事这么简单。

姜桉说的话是对的，如果不让法律制裁他们，恐怕会有更多的人遇难。

“哦，对了，还有一件事，阿寒。”姜桉说，“永生的税单有问题，而且问题很大。”

“好，我知道了。”

“阿寒，你现在准备怎么办？”

“我已经拿到了招标会上的那个项目，按照顾荆棘的个性，他肯定不会善罢甘休，一定会想方设法地来对付我们。等他把重心都转移到我身上的时候，你们去查他的那个工地。”

姜桉没说话，我一愣。

想要彻底扳倒顾家，除了经济上断了他们的后路，还要找到铁证才能揭露他们犯下的滔天罪行。而工地下面埋的那几十具尸体，就是最好的证据。

我惊出了一身冷汗。

不行……这样做太危险了，顾家又不是傻子，怎么可能让他们轻易地查出罪证？！

到头来，受伤害的一定还是我们。

不行，我不能让纪清寒他们去冒险……

纪清寒没有想到我会突然拉开门。

姜桉转过头来，一脸尴尬，我赤脚踩在地上，地板有些冷，我不自觉地蜷缩起脚趾。

“不要去。”我抓住纪清寒的手臂，“求你……不要这样……”

他按住我的肩膀，柔声叫我的名字：“星芒。”

我捂住耳朵：“不要听！我什么都不要听！你不要告诉我一点危险都没有，纪清寒，我不傻，这些是非我还是懂的。我不允许你去冒险！”

“是啊，阿寒，星芒说得没错，我们可以用别的方法，这样真的太冒险了……”

纪清寒拍了拍我的背，轻声道：“嗯，我不去了。”

“真的？”

“真的。”

出院之后，纪清寒把我接到了刘家。

他整日操劳，我学了几道菜，每天做好饭菜等他回家。大部分时间他都是加班，总是等到菜凉了，他才拖着疲惫的身子回来。

纪清寒忙于应酬，回来的时候经常带着烟酒味，我为他宽衣解带，将他身上的衣服清洗干净。

后来我没有再见过宋真，她也没有再出现打扰我们的生活。

罕见的一次遇到宋真是在市中心的超市里，我和纪清寒去买菜，她也来买东西。

简单寒暄了几句之后，我们就这样分道扬镳了，宋真说：“星芒，我始终觉得上帝让我在学校里遇见你是命中注定。”

我笑了起来说：“与谁相遇上天都自有安排。”

只是我做梦也没有想到，那是我和宋真最后一次见面。

过了几天，纪清寒把我带去了公司。刘家的公司叫逐光，追逐光明。

我在员工食堂等他，周遭的议论不绝于耳。

“那是纪总的女朋友？不是说纪总在国外有老婆吗？”

“谁知道呢，有钱人想找谁就找谁。”

“也是哦，反正他也不姓刘。”

“……”

老远我就看见纪清寒西装革履地走了进来，我朝他挥了挥手，他走过来，给我打了两份饭。

员工食堂里不时有人将目光朝我们这里投过来，纪清寒恍若未闻，只是不停地把他盘子里的红烧肉夹给我。

我闷着头一直在扒饭，纪清寒看着我，忽地笑了起来。

“笑什么……”

谁知他突然伸出手将我嘴角残留的米粒摘了下来。

“小饿猫。”

我的脸蹭地就热了起来。

他吃完了盘子里的饭菜，我看了看自己的盘子，这才意识到他基本上把所有的好菜都夹给我吃了。

我小声地问：“你饿吗？我看你都没有吃多少。”

“不饿。晚上下班还有爱心大餐，就不多吃了。”

“今天爱心大厨忙啊，可能做不了大餐了。”

“没关系，我带大厨出去吃。”

我笑了起来：“我发现有些人当了老板之后，日子过得越来越滋润了。”

他望着我，漆黑的眸子亮亮的。

“我以为我这么久不联系你，看到我你一定会爆炸，没想到你这么温顺，一点脾气都没发。”

我“嗯”了一声：“也不是不想跟你发脾气，其实这半年里我去找过你一次。”

“找过我？”

“嗯，我在旧金山的医院里遇见了宋真。你在病房里说的一些话有一段时间一直很困扰我，我甚至埋怨过你，甚至想去质问你。”

他点点头：“后来呢？为什么改变了主意？”

“我相信你做的每一件事，也尊重你的每一个决定。”我放下筷子，笑盈盈地望着他，“我们的这一生就这么长，怨恨是一生，猜忌是一生，互爱互敬也是一生，为什么不选择后者呢？”

纪清寒的眼里划过一抹诧异的神色。

“所以，”我抓住了他的手，柔声道，“我知道你想做什么，可不论如何，对于我来说，其他的一切都不重要，重要的是你的安全。我可以什么都不要，别人对我做的我也可以置之不理，唯独你，纪清寒，我只要你。”

是啊，纪清寒，全世界，我只要你。

02

周末，纪清寒不用去公司，周五他便看资料看到很晚，我路过他的房间，发现灯还亮着，已经是晚上十一点半了。

纪清寒伏在桌子上，资料还放在手边，人已经睡着了。

我蹑手蹑脚地走到他身边，扫了一眼他看的资料，尽是些我看不懂的报表。他的脑袋可真是好使，就像宋真说的，纪清寒在国外的学习成绩一定很棒，才能这么快就适应公司里的生活。

纪清寒睡得很不安稳，睫毛微微颤抖着，睡梦里的他竟也是如此没有安全感。

我把他桌上的东西简单地收拾了一下，尽量避免打乱布局，关了台灯，转过身要走，冷不丁右手胳膊被扯住，我一个惊呼，没站稳差点栽了下去。

摔的时候被纪清寒扯了一下，我的身体转了个方向，直接摔在了纪清寒的床上。

没有灯光，只有窗外微弱的月光和霓虹，透过巨大的落地窗照在我们两个人的身上。

此刻的纪清寒靠我这样近，如同童话故事里的王子，手举着全世界最魅惑人心的禁果，问我，嘿，你要不要尝一口？

他将我的手禁锢在我的头顶，我望着纪清寒的眼睛，灿烂若星辰。

“在美国的每一个夜晚，我都很想你。”他呼出的气体温柔地萦绕在我的鼻尖，痒痒的，让我忍不住想要去挠。

我笑出了声：“我也很想你。”

在纪清寒的面前，我撕碎了自己冷漠的外衣，像一个温柔的小女人，这一生只会对他这样温柔。

他是这世上唯一可以卸下我的所有伪装的人。

我想，我大概是真的很爱很爱他。

“星芒，接下这个担子，一方面是为了外公，一方面是为了你。我时常在想，我这样做究竟对不对。”他松开手，皱紧了眉头。

我伸手轻轻地抚上了他紧皱的眉心。

“不用想这些问题，不论如何，我会在你身边。富贵也好，贫穷也罢，安逸也好，冒险亦无妨，我都会在。也许你觉得我只是随口说说，但我的心里的的确确是这样想的。”

他俯下身，在我的额头上亲了一下。

蜻蜓点水的一个吻，我的心却忍不住悸动了一番。

“等我把手头的事情处理好，我娶你，好不好？”

心脏仿佛瞬间要跳出嗓子眼，我愣愣地注视着纪清寒。

娶我……他说要娶我吗？

生怕我没有听见，他又重复了一遍。

“我们结婚吧，星芒。”

“清寒，我们还亏欠一个人。”

他的眸子一紧，他知道我说的是谁。

不论宋真帮他是出于什么原因，纪清寒能安安全全、健健康康地站在我面前，很大程度上是因为宋真的出手搭救，我没有办法在幸福安稳的时候把宋真抛到脑后。

他“嗯”了一声：“这段时间我一直在想，怎么样才能弥补她。”

“她不需要弥补。”我顿了顿，“宋真做这些，从来没有想过要从我们这边获得什么回报。就像我爱你一样，清寒，她只是很爱你。”

他苦笑了起来。

“谁让我有了你，任何人的真心我都回应不了。”

我假装推了他一把，却被他抱得更紧了些。

“纪清寒，我发现你变得越来越会说情话了，一点都不正经。”

他强忍着笑意：“我已经很正经了，你还没有见过我不正经的样子。”

我的心扑通扑通地跳个不停。

我想那时候的我一定是涨红了脸，好在没有灯光，他才看不见我羞涩的模样。

环住了他的脖子，我微微起身，吻了他。

“那你不正经的样子，是怎么样的？”

他坏笑：“想知道？”

“嗯。”我颔首道，“没命地想知道。”

他脸上的笑意更浓了：“等你体验过了，恐怕真该没命了。”

我数落他：“脸皮真厚。”

他的语气里竟是遗憾：“以前小的时候，脸皮薄，总是不敢表达，后来才发现，脸皮越厚，就不容易失去。要是早点学会厚着脸皮，我们也就不至于走这么多弯路了。”

“又不晚，以前走的弯路就用一辈子的时间补回来吧。纪清寒，你说话可要算数。”我眨了眨眼睛，补充道，“你刚才说要娶我的。”

他哭笑不得：“是啊，是我说的，我说要娶沈星芒小姐。”

“你可不许反悔啊。反悔也无效，反正我会一辈子赖着你的。”

“不反悔。”他一副无可奈何的表情。

“拉钩上吊，盖章！”我伸出右手的小拇指，想要去钩他的小指。纪清寒伸出左手的小指，等我好不容易钩住了他的手指，他却一个欺身，直接把整个人的重量都压在了我的身上。

我被压得直抽气：“好沉，明明这么瘦怎么还这么有分量？”

他揉了揉我的头顶，捋顺我压在肩膀下的头发，大掌顺势而上，停在了我额头的位置。

“闭上眼睛。”他在我耳朵边哈气。

我听话地照做，然后他的气味就悉数钻进了我的鼻子里。

纪清寒的吻一向是很有占有欲的，他的唇瓣紧紧地贴在我的唇上，每一次亲吻都像是天地伊始，头脑一片混沌。

他用舌头撬开我的牙关，在找到目标的时候，玩起了捉迷藏的游戏。

我喜欢鼻子里嗅到的都是纪清寒的气味。

那股淡淡的，只属于他的味道。

这样很好，有安全感，我很喜欢。

我缓缓地睁开眼睛，发现他也在看我。他的头发随性地散落下来，遮住了他的额角，偏偏就是遮不住他眼睛里的光。

“我爱你。”他说。

我鼻子一酸，差点流眼泪。

“我也是。”

他又吻了下来。

“你不知道，我比昨天更爱你。”

我知道，因为我也是。

那一晚，后来是我主动的，是我主动投怀送抱，把纪清寒折腾得无法入睡，是我把他的手放在我的胸口，让他感受我赤诚的心跳，是我紧紧地抱住他的身子，用颤抖的声音说道，我爱你。

我爱你，我爱你，我爱你！

要怎么说才够，要怎么说才能表达清楚这十多年来的想念？

说不够，表达不清楚。

所以我们只能用最直接最原始的方式宣泄这一场酣畅淋漓的爱情。

凡我未死，我必不放手。

我把头靠在纪清寒的胸前，脸贴着他滚烫的皮肤，身体都仿佛焦灼。

若是明日没有曙光，我情愿死在这一秒，在我彻底被纪清寒占据的那一秒，我感受到前所未有的畅快与狂欢。

我愿记忆全部枯竭，唯独这一秒，万古长存。

宇宙万物，天地洪荒，全都毁灭，只有我，只有你。

我抓住纪清寒满是汗水的后背，想要离他更近一些。只有毫无间隙的拥抱才能缓解那一刻彼此之间近乎崩裂的爱意。

一个女人一生只会盛放一次，只有纪清寒才配得上我唯一一次的花开。

我在纪清寒的怀里睡着了，迷迷糊糊间他的手从我的脑袋下面抽走，有微弱的手机屏幕的光亮，我听见纪清寒在振动之后接通了电话。

"嗯，好……都安排好了？嗯……知道了。那就明天晚上行动吧……"

我闭着眼，过了很久才反应过来纪清寒口中说的行动是什么。

我突然很想知道我的未来。

是不是和今晚一样，除了黑暗，一无所有。

03

隔天大早我醒来的时候，纪清寒已经出了门。

床头柜上留了张字条，他说他出去办事，具体什么事没有说。想起纪清寒半夜接的那通电话，心里有不好的预感，我转身给姜桉打了电话，但是手机关机。

我重又拨出了纪清寒的电话号码，得到的回应也是关机。

飞快地起了床，我直奔姜桉家，敲门无果，正当我一无所获急得满头大汗的时候，宋真的电话来了。

“喂，宋真？”

“Jim 在家吗？”

“不在，怎么了，什么事？”

她愣了愣，自言自语：“难道是真的？”

我不解，故而追问：“什么真的？发生了什么事？”

“我听说永生手头有一个工程不太正常，我也是听我爸说的，好像说有把柄被别人抓到了，具体是什么把柄我还不知道。反正就是听说今晚别家会有行动，现在永生的高管都在想怎么应对。”

我想了想，问：“永生都不知道那个工程是哪里出现问题了吗？”

“不知道，只知道高层的意思好像是工程的地基打得有问题。”

当然有问题，地基下面埋着多少尸体啊。

倘若真如纪清寒筹划的，今晚行动，那么今晚之前，永生一定会想办法掘地三尺把这些尸体转移到别的地方去。

“你在哪里？”我问她。

“我在外面。”宋真继而道，“星芒，你老实告诉我，抓住永生把柄的是不是 Jim？”

我淡淡地“嗯”了一声。

“我现在在工地这边。”她说，“我一猜大概就是了。但是星芒你要知道，永生既然能把有问题的工程继续做下去，就一定会用更不堪入目的手段来达到自己的目的。我也是听我爸说我才知道的，没想到永生光彩的外表下竟是这样的用心。星芒，你赶快联系逐光的人，如果 Jim 真的被卷进来，我真不知道他会落得什么下场。我现在跟我爸在工地，我看看纪清寒是不是在这里。”

我追问她工地的具体位置。

宋真告诉了我一个地点，随后挂断了电话。

我握紧手机，想了很久，披上外套跑了出去。

其实只要我冷静下来想一想，这里面的端倪我不至于猜不出来，为什么纪清寒和姜桉的电话统统关机？为什么明明可以走更好的途径来解决，他们却没有想到？

这是一个局。

这是纪清寒布下的一个局。

只是就连他自己也没有想到，为了这个局，多少人付出了惨痛的代价。

等我赶到工地的时候，已经是下午两点多了。

八月份的天气，太阳炙烤着大地，工地上的人不多，看不到工人，只有几个头戴安全帽、身穿永生集团公司制服的人。

工地的地基已经打好了，现在如果要掀开重造的话，恐怕不是这么简单。

倘若真的就像是姜桉所说，这下面埋着几十具尸体，恐怕也没有可能轻易地被证实。

我想不通纪清寒所说的行动到底是什么。

为了避免被察觉，我猫着腰转移到了工地的另一面，结果看见了九九。

九九？她在这里做什么？

她在打电话："嗯……嗯……我查过了，即便是警察要过来，楼房都建成这样了，也没那么容易就能撬开地基。况且他们也没有证据，怎么可能随随便便就让我们把这个工程给废了……你放心，尸体的事情不会有人发现的……纪清寒？他没来……等等，来了个人。”

九九挂断电话，顺着她的目光望去，我看见了宋真。

宋真怎么会跑到这里来？

“没想到你们这个工程真的有问题……没想到这里面埋的居然是……居然是死人！”

九九目光一紧。她走到宋真的面前，厉声道：“你从什么时候开始站在这里的？”

“从你一开始打电话的时候，我就在这里了。”宋真举起了右手的录音笔，“去自首吧！这里已经录下了你刚才所说的所有内容，只要我把这个拿到警察那里去，你们都不会轻易逃过法律的制裁！”

九九冷笑一声，道：“你威胁我？”

“是，我就是威胁你！”

九九抱胸，居高临下地乜斜了宋真一眼，哼道：“永生出事了，对于你来说又有什么好处？别忘了，你爸拿的是永生的钱，是我们永生在养着你们，你和我可是一条船上的蚂蚱。”

“谁跟你是一条船上的蚂蚱，你们用这样肮脏卑劣的手段谋取利益，迟早有一天，要为此付出代价的。”

九九不动声色地瞥了四周一眼。

“就算是要付出代价，也不是现在。”她伸出手，怒道，“把录音交出来！”

“你休想！”宋真往后退了两步。

九九目露凶光：“我最后警告你一次，乖乖拿出来！否则，别怪我不客气！”

我缓缓地从包里掏出手机，按下录像按钮。

假使最后宋真把录音交了出来，至少我这里还有一份证据，我和宋真两个人今日也不至于空手而归。

然而事态的发展令我们三个人都没有想到，九九去抢宋真手上的录音笔，可宋真的后面就是一个打地基的深坑。

我的手机啪地掉在了泥地上。

"宋真……"

九九的脸瞬间变得惨白，她站在深坑的旁边，手中还握着那支录音笔。她六神无主地跪坐在地上，四处看了看，在确定没人之后，这才连滚带爬地逃走了。

仿佛回到了四年前，那个夜晚，九九也是这样狼狈逃窜的。

"宋真……宋真！"

我再也顾不上其他，顺着梯子走了下去。

好深，好黑。

宋真……你还好吗？宋真！

我冲到她身边，她的眼睛睁得极大，后脑勺着地，下面是一片血迹。我颤抖着双手，轻轻地推了推宋真的身子。

"宋真……说话啊宋真！"

没有回应。

"宋真……"我哭喊着。

依旧是没有回应。

偌大的工地，只有我一个人的声音。

对了！报警……我要报警……

手机还在上面。

我转身要上去，却突然被团团围住。有警察出现在上面，他们举着枪瞄准我，要求我举双手投降。

我乖乖地举手，解释道：“不是我！”

“有什么话去局子里再说。”

有警察冲下来按住我的肩膀，将我的双手锁在身后。

上去的那一刻，我在一群人中看见了纪清寒。

他不可置信地望着我，他的嘴唇轻轻地动了几下，却一个字也说不出来。

你看，现实多荒谬。

总有出其不意，总有阴错阳差，总有说也说不清的抱憾终生。

04

在千钧一发之际，我想到了拍摄中的手机。可当我把这件事告诉警察的时候，他们却声称，没有我口中的那部遗落的手机。

是的，工地里没有我遗落的那部手机，无论找多少次都没有找到。

我的手机确实不在那里。

因为在我被保释的第二天，顾荆棘出现了，他的手里拿着的正是我的手机。

彼时是在医院太平间的走廊外，他拿着手机炫耀似的对我说：“沈星芒，没有想到，你还有这样一颗聪明的脑袋。只是可惜，你也太大意了。”

“卑鄙。”

他笑了起来：“哦？”

“你就只会让陆九九来做挡箭牌吗？”

“是啊，我只会这样。”他抬眸瞥了我一眼，啧啧两声，“那么你呢，连挡箭牌都没有，未免也过分可悲了一些不是吗？”

顾荆棘将手机丢给了我，头也不回地离开了医院。

再一次见到宋真，看到的竟然是蒙着白布的尸体。

她才多年轻啊，比我还小三岁。

太平间里有人哭天抢地，有人掩面抽噎，我死死地抓住自己的衣角，不敢让自己哭出声。我是最没有资格哭的那个人，因为那个时候，只要我早一些出现，后来的惨剧就不会发生。

都是我。

全都怪我。

我想起第一次遇见宋真，是在大学校园里，我们是室友，那时候的我被舆论推向风口浪尖，全校只有宋真一个人愿意相信我。

其实宋真是很喜欢笑的，她笑起来，眼睛眯成好看的月牙形，露出雪白的牙齿，脸颊上飞上两朵红晕，别提多美了。从小就养尊处优，却愿意和我这样一无所有的人成为朋友，她真的是个心地善良的好女孩。

为什么总是这样，善良的人未曾有善报，可卑劣的人却永远能顶着光鲜亮丽的外表成为万众称赞的对象，我真的不明白。

忽然，有人抓住了我的衣领，在我还来不及反应的时候，那人狠狠地甩了我一巴掌。

是宋真的妈妈。

“是你吧！是你害死了我们家真真！是你！”她用哭得红肿的双眼死死地盯着我，瘦弱的身子不停地撞着我。

我像个毫无感官的木偶，任由她在我的身上撒气，她用力地抓住我的头发，一把把我推到走廊的墙上，指着我的鼻子骂道：“你这样的人为什么不去死？！你应该去为我们家真真偿命！”

曾几何时，许朝重伤在床的时候，许妈妈也是抓住我的肩膀，说：“花藻，你怎么不去死？！你还有什么脸面在这里？！”

有几个人走过来拉住了宋妈妈，尽管他们看我的眼神也是嫌恶与憎恨。

时间再一次回到了四年前，我又是被千夫所指，全世界的人都巴不得我立刻就去死。

我们为什么要活着？就是为了遭受这样的苦难吗？

我们到底为什么要活着呢？！

纪清寒适时地扶住了我摇摇晃晃的身子，他抱紧我，轻声说：“星芒，我会还你公道，我不会让你受委屈的。”

我苦笑了一声。

“事到如今，公道又如何，宋真已经死了，永远不会再回来了。”我推开他，疲惫地舒了口气。

我意识到纪清寒也是难过的，可我没有办法当作什么都没有发生一样，我说：“纪清寒，宋真是因为我们才死的。”

他愣住了。

“她是为了去找你，为了制止你们的计划才死的。她知道永生不会放过我们，所以她不想我们去冒险。你明白吗纪清寒，我不杀伯仁，伯仁却因我而死。说到底，我们又和杀人凶手有什么不一样呢？”

“星芒。”他抓住我颤抖的身子，试图让我冷静下来。

可我要怎么冷静。

我闭上眼睛都是宋真惨死的模样。

我甚至连伸出一只手把她拉起来这样简单的动作都没有做到。

她凭什么成为我们计划的牺牲品！凭什么？！

谁来偿还她这一条年轻的生命啊！

谁来告诉我？

我生了一场重病。

午夜梦回间，我看到的都是宋真死的时候的惨状。

我高烧不退，食不下咽。花无缺来看我，给我带了一些清粥小菜，然而我依旧是一口也吃不下去。

这次的命案闹得很大，永生的那个工地只能暂时搁置，这笔投资算是废了大半。

因为这件事，本来很多要交给永生的生意临时易了主，这件事最终还是没能压得下去，还是顾永生出面，这才挽回了许多损失。

多行不义必自毙，我想，苍天也不会这么轻易地就放过顾家。

听姜桉说，纪清寒登门多次，却都被宋爸爸赶了出来，近五十岁的男人一把鼻涕一把泪地说："不怪你，怪我们宋家没有这个福气。"

纪清寒虽然看似冷漠，心里却是热的。他可以不接纳宋真的真心，可是这件事，纪清寒没办法做到片叶不沾身。就像宋爸爸说的，不怪纪清寒，怪只怪宋真是真心实意地喜欢纪清寒，也真心地想要帮助我们，这才酿成了后来的悲剧。

我知道纪清寒嘴上不说，心里却是自责。他也明白我是因为宋真的死才卧病在床，长久都不见好。

所以对于这件事，后来我们都默契地绝口不提。

我在医院里住了一个月，每天几乎都是靠着吊瓶才勉强支撑清醒，纪清寒每天都来看我，我费力地说几句话，就再没有了气力。

那天半夜里纪清寒接的电话是姜桉的，透露出来的信息却是假的。他利用心理战术和顾荆棘隔空打了一场仗。先是传出纪清寒将要想法子调查工地的事，让年轻气盛的顾荆棘和陆九九先自乱了阵脚，这是顾荆棘做的工程，出了问题自然拉不下脸去找顾永生来解决，就这样，顾荆棘暗中派陆九九去打探工地的情况。

顾荆棘轻信了纪清寒要行动，这才在光天化日之下想把下面埋着的尸体解决掉，可是地基已经扎根，想解决也不是一时半刻就能解决的事情。纪清寒只是放了个烟幕弹，想趁着顾荆棘处理这些尸体的时候瓮中捉鳖，却没想到，捉到的是我。

宋真的事是我们所有人都没有料到的插曲。

纪清寒功亏一篑，顾荆棘全身而退。

我自诩这半生光明磊落，不曾亏欠任何人，到最后，却是还不了一条人命。

宋真的死挫伤的不仅仅是我们的锐气，更是在我的心上狠狠地扎了一道口子，伤口永远不会结痂。

就像是我对纪清寒说的，我不杀伯仁，伯仁却因我而死。在这样的境地下，我又有什么脸面忘记宋真离开时候的眼神。

冰冷又绝望。

我曾在纪清寒的怀里哭得近乎昏厥，我不断地捶打着他的胸口，我问，为什么死的人是宋真而不是我？

我抱紧他，生怕一松手，眼前的世界就会彻底崩塌。

我问纪清寒："我该怎么样去面对未来的每一天，对于宋真的事，我还能做些什么？"

他将我抱得很紧很紧。

"至少。"他说，"我们还能好好活着。"

至少我们还能好好活着。

至少……

我握紧手中的项链。

至少，我不会再重蹈四年前的覆辙，也不会再轻易地为九九承担罪责，所有的人都必须为自己犯下的过错负责。

宋真临死的时候，右手握紧了她胸前挂着的项链，后来我才发现，那不是一条简单的项链，上面挂着的吊坠是迷你监听设备，那里面录下了九九和宋真全部的对话。

也就是说，宋真手上握着的录音笔多半是假的，真的录音在项链吊坠的 USB 里。

这是唯一能证明我清白的东西，一旦我交出了这个证据，我会洗清所有的嫌疑，九九会因此难逃一劫，但顾荆棘依旧逍遥法外。

九九的催眠还没有醒，她做这一切都并非本心，我要怎样才能狠下心来将她推下万丈深渊呢……

"姐。"

我正想着，花无缺已经走到了病床边。

我指了指一边的凳子，示意他坐下来。

"怎么了？"我问。

"有一件事我一直没有告诉你。"他沉默了很长一段时间，随后道，"何曼怀孕了，是我陪她打的孩子。"

何曼怀孕了……

我蓦地瞪大眼睛。

在何曼消失的那段时间里，她是去做流产手术了？

“我知道伯伯教你的一直是心怀感恩，对谁都仁慈，可是你看看，最后伯伯落下的是什么样的下场。你从精神病院出来，捡了一条命，所有人都说你冷漠得像是一个魔鬼，但是我明白你啊姐，你是什么样的人我最清楚不过了。你愿意为了陆九九留下一辈子的污点，也没有把自己受的苦痛强加在别人的身上，那你又得到了什么呢姐……你不要再这样了好不好！”

我靠在病床上，心毫无预兆地抽痛了一下。

过去的种种在我的眼前来回翻滚。

那些人、那些事，好的、坏的、酸的、苦的，都来回在我面前放大重叠。

“人残忍一点有什么不好？凭什么对谁都要宽恕？不是他们顾家把我们逼到这个绝路上的吗？为什么还要给他们机会？！”花无缺握住我的手，“何曼教会我一件事，现在我教给你。人不可以卑鄙，但也绝不能懦弱。”

我定定地望着花无缺，抓紧手中的项链。

“更何况，他们伤害的已经不单单是人心这么简单了。姐，那是人命啊。”

05

纪清寒来接我出院。我躺在被子里，眼睛望着天花板，脑子里不断重复着花无缺跟我说的话。

——人不可以卑鄙，但也绝不能懦弱。

“我懦弱吗？”我问纪清寒。

他摇头，抚摸着我的头发，轻声说：“没有，星芒，你很好。”

“永生怎么样了？宋家怎么样了？”

纪清寒的脸色一瞬间变得不太好看。

“你说话，纪清寒。”

他帮我把东西收拾好，走到病房门口，压低声音说道：“永生的工程搁置了，宋真的爸爸被永生开除了。还有，听说陆九九生病了。”

我“嗯”了一声，没再说话。

九九生病了？她怎么了？是因为催眠的事情吗？难道就像是徐医生所说，过多地服用催眠的药物，会引起身体的疾病，莫非又是因为顾荆棘？

在车里，纪清寒接了一通电话，听电话里的意思好像又是有应酬，还不知道是谈什么生意。我靠在副驾驶座的椅背上，重重地舒了口气。

阳光有些刺眼，我缓缓地闭上了眼睛。

忽地，仿佛是羽毛坠落，我睁开眼，看见了纪清寒放大的脸。

我当即跳了起来：“喂……窗户还没关啊。”

“不怕。”他踩下油门，目光直视前方，“对了，我今天晚上有应酬，要去谈一个生意，对方本来是打算把生意给永生做的，但是永生出了那件事之后，那边的意思是想把它转给别家，但是这类项目逐光之前从来没有接触过，虽然做足了功课，但还是有点紧张。”

如果是这样，那么顾荆棘也会去吧。

我对着纪清寒笑起来：“我也想去。”

他侧过脸来，关切道：“不回去休息休息吗，你才刚出院。”

“不论怎样，我想去。”

纪清寒带我去商场买了一件衣服，宝蓝色，抹胸设计的及地鱼尾长裙，很久之前我是从来不会想到有一天我也能穿上这样的裙子的。

就像我从来都没有想到，在我卑微得像是一只丑小鸭的时候，即便是有臃肿的身材和凌乱的头发，纪清寒也会在人群中一眼就注意到我。

换好衣服出来，纪清寒本是坐在沙发上，看到我之后他眼睛都亮了。

他笑起来，露出了雪白的牙齿：“我突然很想知道，婚礼的时候你是不是也是这样迷人。”

我当即埋怨他揶揄我。

纪清寒拉住了我的手，让我站在他的面前，他俯下身来，用额头抵住我的额头。

他说：“星芒，没有比遇见你更美好的事。”

以前不会有，将来也不会有。

我曾无数次梦见过纪清寒大婚的场景，却没有一次女主角是我。如今大梦初醒，没想到一直以来最盼望发生的事情，最终竟成真。

纪清寒，我答应你。

我要嫁给你。

等我把所有的一切全部解决好，等我给宋真一个交代，我们就结婚。从此长路漫漫，不论悲喜，都有你我，相互扶持，直到白头。

晚上六点半，君华酒店大厅。

自古以来，生意都是在酒桌上谈的，但是刻意为之就显得有些草率。一桌子的人，有五六家公司的老总和代表，坐在主位的是本次的投资商，乔总。

觥筹交错间，大家表面上谈笑风生，个个目光如炬，实则暗潮涌动。

不知是谁提起了生意场上的事，乔总收敛了笑意，略微有些不悦：“酒桌上谈生意上的事情，该多没劲。”话音一落，其他几个想要积极表现的瞬间就安分了下来。

“酒桌上不谈生意，那该到什么时候谈呢？”说话的是我。

我站起身来，举起酒杯一饮而尽，继而说道：“大家都各怀心事，一顿饭也吃得不安生，倒不如早把生意谈好了，才能开怀畅饮，难道不是吗？”

周遭女眷神情诡异地望着我，大抵是没料想到一介女流在男人的生意场上居然敢大放厥词。

顾荆棘坐在我对面，依旧是白衬衫，他有些惊讶地瞥了我一眼，转动着尾戒。

乔总这个人我在来的路上就打听过了，妻子在十三年前去世了，有个和我年纪差不多的女儿，他对女儿很宠，我和他女儿年纪相当，应当是能博得他的好感的。

几个男人不动声色地坐在酒桌上等着看我的好戏。

乔总眼睛一抬，笑了起来：“说得也是，我们倒是应当来好好谈个生意才是。只是不知道，对于本次项目，你又有何高见呢？”

乔总指名道姓的是我，而我早就把纪清寒准备的内容从头到尾都记了一遍，他问，我自然就顺理成章地说出来。

待我说完，乔总的眼里略微有些异色。

“没想到作为女伴，小姐都能将逐光的策划案记得如此清楚。我是该说小姐记忆力好呢，还是该说逐光的策划案竟轻而易举就泄漏给了旁人呢？”

乔总笑里藏刀，潜台词是，逐光的诚信有待考究。

我抿了抿唇，道：“我这一生只会认准纪总一个男人，就如同逐光这一次只会认准贵公司一家公司，其他公司即便开出多么优渥的条件，逐光必不会不忠。”

乔总愣了愣，随后笑了起来。

“来。大家吃饭。”乔总拿起筷子，脸上的笑意越发浓烈起来。

大家面上有说有笑，暗地里怕是早就坐不住了。

顾荆棘从中途开始脸色就没有好看过，如果眼神能杀人，恐怕我早就被他千刀万剐了。

宴会结束，我从洗手间走出来，顾荆棘就站在洗手间的门口。

“没想到我是真的小看你了，沈星芒。”他指的是乔总的单子被逐光拿下来的事。

我走到烘干机的旁边，手伸到烘干机的正下方，呼呼的风声响起。

我淡然道：“恐怕你小看的事情还有很多。”

“我劝你最好不要拦我的路。”他眯起眸子，满是危险的意味，“我想你应该清楚，陆九九还病着。”

“那又如何。”我的手微微一颤，尽管如此，我还是尽量让自己显得不动声色，“你还指望我和陆九九依旧是多年以前的好友吗？嗬，没有人会永远成为傻子，任人宰割。”

顾荆棘撇撇嘴，没再说话。

“可惜，你仍旧是个嫌疑犯。”

我的身子一僵。

我又想起了宋真死的时候的惨状。

仿佛有一股巨大的力量紧紧地扯住我身体的每一根神经。

我的呼吸逐渐变得急促。

宋真……宋真……

忽然有一双手托住了我的身子。

“我很好奇，顾总，为什么总是对一个女人步步紧逼？”纪清寒挽着我的手，没有再分出一点多余的时间给顾荆棘，他冷声道，“我想，生意场上才更值得你多倾注一点心血，不是吗？”

说罢，他搂住我的肩膀，头也不回地离开。

第九章

/ 余辜 /

01

永生搁置的工程本想偷偷开工，不知被谁暗中使诈，地基被毁，好不容易掩盖过去的风波再一次闹得沸沸扬扬。

姜桉看到新闻笑得鱼尾纹恨不得都要出来了：“看到没星芒，这叫自食其果！痛快！”

我看着被挖出来的尸体，却是半点笑意都没有：“把利益建立在这些人的生命之上，良心当真是泯灭了。”

“有顾永生当爸，宋琴当后妈，顾荆棘要是人格健全恐怕才不正常吧。”姜桉阴阳怪气地说道。

纪清寒将涮羊肉夹进我碗里：“趁热吃。”

“哎哟喂，牙齿都酸掉了。”说话的是花无缺，说罢也给何曼夹了一筷子。

何曼脸都青了：“我最近生理期不能吃辣的你不知道吗？臭小子。”

何曼喜欢叫花无缺臭小子，花无缺被骂倒也自得其乐。

其实我很羡慕他们两个人的生活状态。

没事就拌拌嘴，飞个白眼，却从来不会真的置气。我不知道何曼对花无缺说了什么，才让这个长不大的贵公子成长成了今天的模样，不论如何，我都感激何曼。

姜桉努着嘴，一脸的不开心：“好啦，你们成双成对，就我一个人落单了。”

纪清寒乜斜了他一眼，给他夹了一块白萝卜。

“你吃饭的时候最不孤单。”

“……”

“等会儿吃好饭去逛逛吧，没多久就中秋了。”何曼提议。

“好呀。”众人一拍即合。

说是出去逛逛，结果纪清寒看到一家婚纱店就赖着不想走了，非要拉着我进去试婚纱。其他几个人狐疑地盯着我，看得我满脸尴尬，只得缴械投降。

“纪清寒，你自己交代吧。”我说。

“我要结婚这件事还要交代什么？”

何曼扑哧一声，差点把嘴里的奶茶都吐了出来。

“不是吧。”花无缺大囧，“你们两个人这么快就要结婚了？”

“哪里快了！”姜桉朝何曼和花无缺使了使眼色，满脸的猥琐，“人家反正已经有证驾驶了，更何况……我们阿寒可是从十一岁就开始暗恋人家了……呀呀呀，你打我干啥！”

纪清寒收起拳头，冷声道：“话多。”

姜桉被揍了一拳，满脸的委屈，一张小脸皱巴巴的，恨不得要哭出来。

我笑了笑，没再说话。

现在的顾荆棘和顾永生一定急得像是热锅上的蚂蚁，工程上的这件事牵扯的事情太多了，没有这么容易就摆平。但顾永生在商场上混了这么多年，谋财害命的事恐怕也不是第一回，尽管难办但就顾永生的实力而言，总有办法能找到替死鬼，接下来，恐怕会有更大的风暴吧。

商场外乌云密布，电闪雷鸣。

我抬头看着苍茫的天际，惴惴不安。

既已乌云蔽日，暴风雨还会远吗？

只是让我感到奇怪的是，很长一段时间，九九都没有再出现过。警察还在查之前宋真的案子，其间喊过我几次去盘查。眼下工地上又出了更大的案子，连顾永生都被叫去局子里坐了好几次。

永生那边岌岌可危，逐光这边倒是蒸蒸日上。

以世袭制的身份坐上老总位置的纪清寒终于用自己的实力和业绩的提高扇了所有伪善者和造谣者一个响亮的耳光。

九九呢？九九到底出了什么事？怎么就杳无音信了呢？

我躺在床上望着天花板，想的是抽屉里锁着的USB，顿时心乱如麻。

“还没睡？”

一只大掌拂过我的额头，纪清寒靠了过来，从背后抱住了我的身子。

我“嗯”了一声，答：“可能是月光太亮了，睡不着。”

纪清寒下了床，将窗帘拉了起来。

“这样呢？好些了吗？”

“好了，你早些睡吧。”

他又靠在了我的身边，伸出手抱住了我。

每个夜晚都有纪清寒的拥抱，每个清晨睁开眼睛看见的都是他的脸，每一次开心或是不开心都有他的肩膀，我想，全世界大概不会再有比此更大的幸福了。

也许，他就是我的全世界吧。

他伸手揉了揉我的脸蛋，笑了起来："你好像比之前胖了一些。"

"在家里养身体，还怎么瘦得下来啊？都怪你，每天都给我吃那些好吃的，活活把我养胖了。"大概再吃下去，我就要和上高中的时候一样了。

他轻笑出声来。

"星芒。"

"嗯？"

"真糟糕。"他说，"我比昨天更爱你了。"

我应了一声，回道："我也是。"

每一天醒来的我都发现，我比昨天更爱你了。

02

事情的转折发生在一个星期后的下午，在我很久没有听到陆九九消息的时候，何曼告诉我，陆九九出事了。

何曼是路过能达的时候看见了陆九九之前开的车，看着她被两个男人从里面带了出来，看她的脸色似乎很不好，病得很厉害。何曼跟着上了楼，发现九九现在是被软禁在能达的一个房间里。

软禁？为什么要软禁？九九不是一直都在帮顾荆棘做事吗？怎么会被软禁？现在不正是顾荆棘需要九九的最佳时期吗？为什么……

除非现在的九九对顾荆棘已经不再具有利用价值了。

还有……这一切宋琴不会不知道，为什么宋琴也不出来解救九九呢？

何曼说得没错，九九一定出事了！

“你要干什么？”何曼抓住我的手，“你不要轻举妄动，你忘了陆九九是怎么害你的了？你现在去找她不是狼入虎口吗？现在顾家的人恨不得抽你的筋扒你的皮。”

我轻轻地拍了拍何曼：“你放心，我只是去打听一下，我绝对不会让自己涉险的。”

时间是下午两点钟，明亮的阳光照在喧闹的街道上，路都是光明的。

所以啊九九，你要相信，未来一定是光明的。

能达酒店外面站了一排保安，我戴上一次性口罩，佯装咳嗽的模样，从侧门走了进去。

到了十二楼，我走出楼梯，走到何曼说的房间门口。

没有保安，我回头看了一眼监控的位置，拉上帽子，敲了敲 1202 的房门。

“滚！”里面传来九九的声音，“除非放我出去，否则不要再来找我！让我出去！我要出去！滚！你们都给我滚！”

我淡淡地启唇道：“是我。”

里面的人沉默了很长一段时间，随后她走到门口，用力地拍了拍房间门，大声问道：“星芒……是你吗，沈星芒？！”

“是我。”

“是你……竟然是你……”她突然笑了起来，声音里透露出些许凄苦，“没想到，到最后我落得这般境地，来看我的竟然是你。”

“没有什么竟然不竟然，我来看你也不为别的，你我是多年旧友，即便后来发生了诸多的事，就算你我交恶，至少，我们曾有情分。”

我听见门里的九九哭出声来。

我突然想起来，很久很久之前，九九也曾这样放声痛哭，她生得一副傲骨，不愿向任何人低头，唯一能示弱的地方也就只有在我的面前。

“你不恨我？”

“你知道问题的答案，何必还要来问我。”我顿了顿，继而道，“陆九九，即便我和你有这些情分，即便我四年前为你挡下了所有罪责，可我发现，你没有成长，相反，你挥霍了我们对你的好和信任。陆九九，我一度很恨你，即便到现在，我对你依旧心存怨恨，我不是圣人，没办法对谁都放下芥蒂，我已经过了以德报怨的善良年纪了。”

我听到了九九的哭声。

隔着门，我甚至能够想象得到，她蹲在地上靠在角落里双手掩面，痛苦不已的模样。

可我不想拥抱她，我再也无法毫不介怀地去拥抱陆九九了。

“阿藻……”她突然叫我的名字。

仿佛尘封的大门在一瞬间彻底开启，那无数个共枕而眠的日日夜夜又浮现在我的脑海里，我死灰般的青春里，没有顾荆棘、没有纪清寒、没有姜桉、没有何曼、没有花无缺，只有陆九九啊。

她也曾站在我的身前，为我赶跑所有欺负我的人，会站出来仗义执言，为我对抗所有流言蜚语，也会在我悲伤的时候给我一个温暖的肩膀。

再亲密无间的人还是没有料到会走到今天这一步。

“嗯，我在。”

她抽泣着问我："我要怎么样才能偿还我犯下的所有过错……"

我一时间不知道该如何回答她。

九九靠在门的另一边，低声道："我爱上了自己的哥哥，不管我的哥哥是什么样的人，我都心甘情愿为他去做那些违背天理的事情。我伤害了何曼，伤害了花无缺，亲手把姜桉的爸爸送进了监狱，我还杀了人……阿藻……我杀了人……"

说到最后，她由最初的抽泣转变成了号啕大哭。

"是我把宋真杀了的啊！是我啊……阿藻，我是杀人犯……我……"

"不是你。"我试图让她平静下来，"九九，不是你，你只是被催眠了，你所做的一切都不是出于你的本心，我知道，你还是那个陆九九。"

她骤然间笑了起来。

那样绝望的笑声，像是深夜回荡在古堡最凄惨的哀号。

我的心再也无法当作什么都没有发生一般的平静如死水，我抓住胸口的衣服，可我的心还是抽疼得厉害。

"我不是了。"九九绝望地重复道，"我已经不是从前的那个陆九九了，再也没有机会回到从前了。"

她问我："阿藻，你还记得小学的时候我们一起去秋游，你被蛇咬了的事吗？"

我说："我记得。"

我不会忘记，那一天在山上，有一条蛇蠕动着身子爬到我的面前，咬在了我的小腿上，是九九拿着木棒勇敢地与那条蛇搏斗。

我不会忘记，陆九九曾经是除了我爸爸之外对我最好的那个人。

所以即便我们之间沦落到这般境地，我也从来没有想过亲手把陆九九送进监狱。

人非圣贤孰能无过，九九啊，你只是犯了一些错误，只要你愿意改，总归还是有机会的。

她问："阿藻，你还记得初中的时候，有个大黄牙老师一直喜欢骂我们是蠢猪吗？"

我说："我记得。"

大黄牙总是喜欢以成绩论高低，后来听说他被革职了。

她又问："阿藻，你还记得吗，高三毕业之后的某一天，我和你吵架了，我们因为纪清寒有了人生中的第一次争吵，你还记得吗？"

我沉默了很久之后说："我记得。"

她说："那天之后我一直想向你道歉，但是我拉不下脸，其实我跟你吵架之后没几分钟我就后悔了。我想以后不论我遇见多喜欢的男孩子，我都不会因为他而破坏我们之间的友情。"

她说到哽咽，说到我几乎快听不见她的声音。

"阿藻。"九九的声音很小，我趴在门上才能听到她微弱的声音，而后她说，"可是后来，我还是因为一个男人犯了这辈子最大的错误。"

"九九，你不要多想。"

我把手插进口袋里，却没有找到 USB。我不是放在口袋里了吗？难道落在家里没拿？我心里忽地有些发怵。

"阿藻，你说，我这一生是不是很失败？"

"瞎说。"我怪她，"人这一生很长，成败盖棺才定论。"

九九停止了哭闹。

她说："阿藻，谢谢你。如果你遇见顾荆棘，请帮我告诉他，即便他从来都没有爱过我，我也依旧想成为他的新娘，从来都没有变过。"

"九九……"

“九九你在吗？你说话……”

“陆九九！”

03

没有允许，九九所在的房间的门不能打开。在我无数次和保安协商之后依旧无果，我心急火燎，直到几个警察到了之后，保安这才掏出钥匙打开了房间的门。

距离九九跟我说最后一句话已经过去了一个多小时，等门打开的时候，几个警察连同我一起冲了进去。

九九就躺在门口，安静又快乐。

我“砰”的一声跪在地上。

“九九……陆九九！”我冲过去抱住她的身子，然而令我惊恐的是，她身体冰凉。

我不可置信地摇晃着九九的身子，期盼她能给我一星半点的回应。

可是，没有。

回应我的只有我充斥在这个房间里的哭喊声以及几个警察叹气之后相继走出门的声音。

后来我才知道，USB 落在了家里，被纪清寒发现。纪清寒和姜桉、何曼发现 USB 里的内容之后，几个人商榷之后交给了警察。警察得知了宋真的死亡真相，这才前来找陆九九，可笑的是，等他们来的时候，陆九九已经死了。

我想起陆九九临死之前对我说的最后一句话。我在人群中看到顾荆棘，我走到他的身边，轻声说道：“九九让我告诉你，她想成为你的新娘，即便你从来都没有爱过她。”

只是很遗憾，九九，你的愿望再也不会实现了。

那一天的顾荆棘显得很疲惫，这一段时间接踵而至的意外几乎快将他压垮。他一直仇恨的、生怕抢走他家产的陆九九，终于不会再来招惹他了，他一定很开心。

九九是因为无法承受巨大的变故才导致的失常和抑郁，最终以自杀的方式结束了自己的一生。在宋真被她推下去的那一刻，她就从催眠中彻底清醒了过来，可当梦境与现实无法重叠在一起，她无法接受这样巨大的落差，便崩溃了。

之所以被关在这里，听说是九九前一段时间已经发生了精神上的错乱，开始胡言乱语。顾家一方面要面对舆论的压力，要解决之前发生的事情，没有时间来管陆九九的死活；另一方面，九九一味地说要将顾荆棘做的那些错事全部都抖出来。生怕事情闹大，顾荆棘这才出此下策。

顾永生的身体本来就不好，经过这件事之后，身子彻底垮了，顾家的大权直接落在了顾荆棘的手里。

顾荆棘又怎么会关心九九的死活？

人之将死其言也善，我赶到的时候，九九已经服下了药物，她以死相逼，想要逼顾荆棘现身，可是直到她咽气之前的最后一分钟，顾荆棘都没有出现。

将一生错付给这样的男人，最终落得这样的结局，是九九做梦也没能料到的悲剧。

只是可惜，她最想念的那个人，没有给她最后的垂怜。

我低着头，走到房间外面，纪清寒在走廊里等我。

看到我，他走过来，给我披了一件外套。

我摇了摇头："我不冷。"

身体不冷，只是心冷。

我靠在纪清寒的胸口，咬住下唇，忍着不想哭出来。可最后还是没能忍住，我抱着纪清寒，号啕大哭起来。

要怎么样才能忘记那段死灰般的岁月里唯一的光亮？

要怎么样才能告诉自己，陆九九已经不是我最好的朋友了？

要怎么样才能彻底相信，她完成了对自己的救赎，永远脱离了黑暗的深渊？

告诉我，要怎么样才能做到……

纪清寒伸手轻轻地揉了揉我的脑袋，说：“哭吧，哭出来，一切都会好的。”

我闷着头，哭得几乎要窒息。

走吧，陆九九，希望你走得更快乐一些。

下辈子，再也不要遇见顾荆棘了。

如果可以，下辈子也不要遇见我，我们都会快乐一些。

正当我们经过酒店对面的婚纱店准备离开的时候，警察从身后叫我去做笔录。纪清寒“嗯”了一声：“我陪你去。”也是在那一瞬间，所有人都没有料想到的一件事发生了，顾荆棘抱着九九的尸体从酒店里走了出来。

没有一个人挡他的去路，他看着前方，步伐虽大，却颤抖着。

他就这样越过人群，走进了我们旁边的婚纱店。

我眼睁睁地看着顾荆棘将九九放在婚纱店的沙发上，他说：“我要店里最好看的婚纱，最贵的。”

我站在婚纱店的门口，冷眼看着顾荆棘的一举一动。

店员看了眼沙发上的人，头发几乎都要竖起来，她微微动了动，不敢距离顾荆棘太近："不好意思先生……我们这里的婚纱……先生还希望你……"

顾荆棘径自打断店员的话，他的两只眼睛肿得通红，眼里满是血丝，此时他如同一只狰狞的野兽。

他朝着店员低吼道："我要婚纱，给她换上！"

在场的所有人皆是一怵。

没有人敢动，也没有人敢顶撞他。

一行人就这样僵持着，大概过了半分钟，店里的主管出面，几个店员这才去挑选婚纱。

顾荆棘始终站在原地，他的眼睛很黑，让人看不出情绪。

九九的临终遗愿是想成为顾荆棘的新娘，她本以为这只是她到死的痴心妄想，却没想到，顾荆棘竟是帮她实现了。

拿来婚纱的时候，店员顶着精致妆容的脸都是惨白的，顾荆棘从店员颤颤巍巍的手中接过了雪白的婚纱。

那一天的九九真美，她身着洁白的婚纱，她是全世界最美的新娘。

我死死地握住纪清寒的手。

我拼命地用力，只有这样才能减轻我心脏的疼痛。

九九，你的愿望实现了，你照镜子了没？今天你是全世界最美的新娘。

顾荆棘抱着九九僵硬的尸体，缓慢地走在车水马龙的街道上。

男孩真帅，女孩真漂亮。

全世界似乎都只剩下黑白两色，黑的是顾荆棘西装的颜色，白的是陆九九婚纱的颜色。

他们互相牵绊，互相折磨，直到最后的告别，都没能好好说上一句话。

没有相见，没有告别。

04

陆九九去世的第二天，我身披黑色的外套，去灵堂吊唁。

九九生前没能风风光光当一回顾家的女儿，死了以后也没能名正言顺地加上一个顾字。

我没能去到灵堂里为九九吊唁，我是顾家的敌人，没有人欢迎我。

在灵堂外，我给九九点了一炷香。

中考结束的那个暑假，九九的爸爸死了，我和九九坐在灵堂外的台阶上，她告诉我，那些自私自利的人，都不会有好下场。

我还记得，那一天，是九九的妈妈和顾荆棘爸爸的婚礼。

我更记得，那一天我在心里发誓，以后我会好好保护九九，绝不会让她受到一星半点的伤害，她抱着我说，她只有我了。

只是没想到最后，我们俩都食言了。

我在灵堂外遇见了顾荆棘，他看着我，眼神阴狠且暴戾。他说："这里不欢迎你。"我抬起头，反问他："难道你会比我有资格吗？"

下一秒，顾荆棘伸手攫住了我的下颌。

他凑近我的脸，用降至冰点的声音对我说："陆九九是因为你才死的。"

"可笑，陆九九死了，你会有一星半点的难过吗？她为你做了那么多错事，结果呢？"我恶狠狠地瞪着他，全然不顾他恨不得要将我千刀万剐的眼神，我毫不客气地与他对视，"九九已经死了，请你给她最后的安宁。"

"沈星芒，如果你不是陆九九的朋友，我不会利用她，她也不至于变成后来的样子，都是你。”

“不论谁是陆九九的朋友，你都不会放过她。”我掐住他的手，他这才迫不得已地松开了桎梏。

“用最卑劣的手段伤害了九九，竟还要把罪责推到别人的身上，顾荆棘，九九到死都不会明白，她用生命维护的竟然会是这样的人。”说罢，我转过身，不愿意再同顾荆棘浪费半点口舌。

可我早知道，顾荆棘不是会善罢甘休的人，我逞口舌之快，他必会想方设法让我痛不欲生。

九九的死对我来说是一个不小的打击，我的身体比之前生病那会儿还要差，导致每天纪清寒除了要上班之外，回来还要做菜照顾我的身体。

他不肯找做饭的阿姨，说我一个女孩子在家，即便是找个阿姨他也不放心。

我一头黑线地问：“难道我一个女孩子在家你就放心了？”

他把盛着热粥的勺子放在嘴边吹了吹，过了好一阵才说：“是要找个人陪你我才安心。”

所以第二天，姜桉来了。

此时姜桉已经有了女朋友，对方在一家外贸公司，我和姜桉面对面，无比尴尬，姜桉的女朋友还因此跟他大吵了一架。

第三天，姜桉换成了何曼，有了何曼就有花无缺，所以最后变成我一个人躺在床上，看他们两个人在客厅里嬉戏打闹被秀了一脸的恩爱。

第四天，纪清寒休息，自己跑回来陪我了。

经过好几天的休养，我的身体好些了。尽管如此，我还是像个女王似的躺在床上指挥纪清寒做事，他把地板拖干净，又把锅碗瓢盆都洗了一遍之后，给我炖了一锅海鲜粥，这才有时间坐在我旁边看报表。

顾家垮了。

听纪清寒说出这个消息的时候，我连眉头都没有动一下。

之前的工程事件影响太恶劣，加上陆九九的死，和陆九九之前做的事浮出了水面，顾家的声誉跌到谷底。

九九你看，那些自私自利的人终究会有报应的。

“永生的资金链断了，现在资金全部被冻结了。工人在抗议，现在永生唯一能变卖还债的就只有郊区的那座铜矿了，但是那座铜矿似乎并不是很受欢迎，所以这一次永生基本上已经没有翻身的余地了。”

我冷静地听完纪清寒陈述，点点头没有多做评价。

顾荆棘和永生落得什么样的下场对于我来说已经不重要了，对于纪清寒来说也不重要，十多年前永生周年庆大火里丧生的人永远不会再醒来，顾家得到了应有的惩罚，其他的如何，都不再重要。

顾永生昏迷，自从九九死后，宋琴的身体也变得很糟，所有的担子都压在了无力承担这一切的顾荆棘的身上。

后来徐医生给我打了个电话，他告诉我，顾荆棘疯了，一度精神崩溃，被送到了精神病院。

那是我闭上眼都不敢去回忆的地方，我的青春死在了那里，我想，顾荆棘在那里也许是最好的结局。

很久很久之后我才明白，对于陆九九，顾荆棘还是有些不一样的情愫的，他可以在任何人面前都保持一颗狠毒至深的心，却还是被九九压垮了最后一根神经。

只是九九再不会知道了，也不会再稀罕。

人这一生如破茧成蝶，一生只怒放一次，没有结果，就落败而死。

日子逐渐趋于平静，唯一的不平静是有一天我在从医院回来的路上，接到了纪清寒的电话。他从飞机上下来开手机，立刻给我打了个电话。

我刚进小区的门，只听见纪清寒用腻死人的声音问道：“你不在家吗？”

“嗯，你出差这两天我有点不舒服，所以去医院看了一下。”

他担心地问：“这两天你在家里怎么了？不舒服吗？早知道我拜托何曼过来了。”

“干吗啦，不用麻烦人家。”我有些撒娇，缓步往前走，走到了公寓楼楼下的单元大门里，“也不是身体不舒服，只是……”

“只是什么？”

我停了下来，忍住笑意，轻声道：“只是，身体里突然多了个人，我的营养都被吸走了，所以有点不舒服。”

“……”

电话那端沉默了很长一段时间。

好像有人摔倒了，然后又爬了起来。

“喂……你怎么了？”

“没怎么。”他恢复了以往的镇定，然后我听见了电话那端因为狂奔而产生的呼啸声。

他说：“你等我，我这就回来。”

我咧开嘴，还没来得及笑，弧度就凝结在了脸上。

单元楼道里没有窗户，很黑，很静，我突然意识到，楼道里还有另外一个人的身影，那个人此刻正扣住了我的脖颈。

那人的手很冷，抵在我的脖子上，刺骨的寒意从皮肤一直蔓延到身体的每一个细胞。

他抢过了我的手机，用冷到极点的声音说道："沈星芒在我手里。"

是顾荆棘。

他钳制着我，不允许我有所动作，走到光亮处，我借着微弱的日光看见了他的脸。

他的脸上有好几处明显的刀疤，有的还没有来得及结痂。

他眯着眼，凑到我耳边，用沙哑的声音说："你和纪清寒，一个都别想活。"

05

穷途末路的感觉是什么？

前面是悬崖，身后是火海。

醒来的时候，眼前是一片黑暗，顾荆棘坐在我不远处的地方，他用打火机点燃了一支烟。他背对着我，整个人肮脏又狼狈。

这个多年前看上去意气风发的少年也曾身着干干净净的白色衬衫，站在万众瞩目的高台上，口若悬河，意气风发。

此时的顾荆棘，佝偻着身子，像是一个无路可逃的流浪乞丐。我甚至不敢去看他。

见证一个人从高处狠狠摔落的感觉并不会让我从心底感到欣慰，直至此刻，我依旧觉得顾荆棘是个可怜的人。

我靠在泥地上，身后是冰冷的石块，顾荆棘转过身，冷冷地看了我一眼。

"不用担心，纪清寒很快就要来见你了。"

我四处打量了一圈，心里大概有了点数。

这里黑漆漆的，看不清晰周围，借着顾荆棘烟头微弱的光亮，我看见了四处的石块和硬邦邦的泥土地。

这是一座矿场，应该是永生在 C 市郊区的铜矿。

徐医生已经跟我打过招呼，所以我尽量避免和顾荆棘起正面的冲突，以防他被引爆。

我靠在石块上，眼看着顾荆棘就蹲在我前面，他的整张脸狰狞得可怕，上面的刀疤新旧不一，最老的已经褪去了结的痂，最新的血痕才干没多久。

我心里有些发怵，不知顾荆棘的这些伤痕是从哪里来的……

他就这样和我保持着不远不近的距离，他每一次喘息都会耗费一股很大的力气，导致他只能半蹲，伸手拍拍自己的胸口顺气。

我眼尖地看到了他手腕处的表，那是九九之前买给他的。

果然，对于九九，他不是那么轻易就能放下的。

顾荆棘不能放下，我们其他人就更不可能放下。

我们默契地绝口不提，不是因为不去想，而是一旦再掀起这样的风浪，就又会有更多的人受到伤害。

至少，我希望九九可以走得安心一些。

不知过了多久，我在这样压抑的气氛中几乎快喘不过气来，我试探性地对顾荆棘说："有什么话我们出去说吧，这里太黑了。"

"出去？出去我就会被抓起来。"他虽然精神有些恍惚，但还不愚蠢，没有这么轻易就被我骗到，他又说，"出去有太多不确定的因素了，我可不想再冒险。"

此时我的双手和双脚已经被他绑起来了，除了跟他说话，其他的什么也做不了。

我听见矿洞的洞口传来轻微的脚步声，顾荆棘的唇角微微上扬。

我背对着纪清寒，我能意识到他看向我的视线。

“所有的一切都是我做的，如果你想报复的话，就朝我吧。”纪清寒的声音不大，但异常坚定，他走到我的脚边，“我就在这里，你想做什么就做吧。”

纪清寒不动声色地朝我挤了挤眼。

我在心里反复回想了一下矿洞的路径，然而我失败了。我被顾荆棘带来的时候神志不清，压根回忆不起来该怎么样离开。

顾荆棘约莫是猜中了纪清寒的心思，他走到纪清寒面前：“你逃不出去。来的路上，我已经给她灌了药，她不可能看到明天的太阳。”

我的心恍惚间抽痛了起来。

原来我的身体没有力气不是因为这里的环境恶劣，而是因为顾荆棘在路上给我下了药。

我感觉到四肢逐渐失去了力气，只能靠在石块上，费劲地喘气。

“星芒。”纪清寒闻言蹲下身，轻轻地抚摸着我的额头，关切地问，“你怎么样？”

“我很好，你放心，他诈你的。”

我深深地吸了口气，空气在经过我的肺部时差点顺不过来。

“我是不是诈你的，用不了多久你就会知道了。”

纪清寒蹲下身抱住了我的身子。我这才发现，跟纪清寒比起来，我的身子很冷。我下意识地捂住小腹，悲从中来。

是不是我肚子里的孩子也会感觉很冷呢？

不要……

不要……

纪清寒解开我手上的绳子，我伸手搓了搓小腹，试图让身体稍微暖一些。

“砰”的一声，顾荆棘一脚踩在纪清寒的背上。

纪清寒挺直着腰杆，像一尊绝不屈服的雕塑。

纪清寒始终跪坐在地上，他看着我，保持着微笑，承受着顾荆棘的拳打脚踢。此时的顾荆棘如同一只疯了的野兽，除了暴打纪清寒，他找不到别的发泄口。

“纪清寒，你就这样眼睁睁地看着你心爱的女人死掉吧！你一定会爱上这样的感觉！你就在这里为她陪葬吧！”

矿洞突然发生了一两次轻微的晃动，我这才明白为什么说完这些话的顾荆棘忽地就往铜矿外面跑。

接着是一次剧烈的晃动，我感觉到自己的身体都在随之抖动着。

我推开纪清寒的手：“让开……你走！”

他却任凭我推搡，始终都不动一下。

“纪清寒，你快点走！”

他想解开绑在我身上的绳子，但顾荆棘将我绑在一块石头上，而且系的是死结，解不开。

“不要管我了……”我急得眼泪往下掉，“你先走，出去找人来解开我身上的绳子，你在这里浪费时间也没有用啊！”

顾荆棘已经走了，偌大的矿洞里只剩下我和纪清寒两个人。

晃动仍在继续，一次比一次猛烈。

“纪清寒……你不要这样……你先走！”

他死死地抱住我，一言不发。

我突然感到一股巨大的绝望如潮水般彻底将我淹没。

不要……

快走……

快走啊！

我几乎失去了最后一点气力，在这样的关头，我很想骂自己，为什么明明知道纪清寒留下来就会送死，我还是期望他不要就这样放弃我？

“多年前没有抓紧你，之后的每一天我都追悔莫及。”

他的双手环住我的腰，我感受到他掌心的温度，灼热得似乎要把我熔化。

我再也忍受不住这样的悲痛，我窝在纪清寒的怀里，号啕出声来。

“对不起……”我哽咽道，“我不该出去的。”

“傻瓜。”他伸手按住我的后脑勺，生怕我磕到后面的石头。

“对不起……真的对不起……”

他在我的额头上轻轻地吻了一下。

山崩地裂又如何，再也见不到明天的太阳又如何，至少这一刻，我还能拥抱纪清寒。

这座铜矿因为过度开采被查封了，不会再有人出现在这里。

这里，只有我和纪清寒。

刚才狂奔而去的顾荆棘不知什么时候又折了回来，他抓住纪清寒的手臂，命令道：“快！跟我一起把出口的那块石头给移开！”

纪清寒依旧抱着我，恍若未闻。

顾荆棘用力地扯纪清寒的衣服，怒吼道：“你快点跟我走！不然我现在就杀了你！”

纪清寒笑了起来："真遗憾，我们今天一个都逃不掉。"

"不……不行！我不能死！我不能死在这里！"顾荆棘从口袋里掏出一把指甲刀，哆哆嗦嗦地指着纪清寒的脑袋，"快点！不然我杀了你！我要杀了你……"他说着说着，突然又将指甲刀对准了自己的脸，划了好几道口子。

原来，他脸上的伤疤是这样来的。

他精神失常，开始自残了。

纪清寒抱着我逐渐瘫软的身体，问："你还记不记得，我们在学校里第一次见面的场景？"

"记得。"我点了点头，回忆，"那时候你很张扬，一副嚣张的气焰，让学校里大多数的男生都看你不爽，可是他们无可奈何，因为你是校长的儿子。我一直记得我第一次见你，哈哈，我如痴如醉，你目中无人。"

纪清寒也笑了起来。

矿洞里的温度越来越低，晃动的频率却越来越高。

在某一瞬间，我几乎笃定地认为，死神距离我只有一步之遥。

他又问："那你还记不记得，高考结束的暑假，有一次同学聚会？"

"嗯，我记得。"我点头，"那时候我爸爸去世了，所以我没有去。"

"那时候班上有个活动，要每一个人给所有的同学写一封信，堆在你桌子上的信都没有人收。"

我眯起眼睛，"嗯"了一声。

"星芒，不要睡。"他摇了摇我的身子，另外一边还有顾荆棘抓狂的声音，这使得我略微清醒了一些。

我听见纪清寒用很低的声音说："那天我放在你桌上的信里写了四

个字。”

我猜了猜，问：“是不是我喜欢你？”

他有些羞涩地笑了起来：“嗯，是啊。”

我说道：“真可惜，要是那一天我去了的话，我就不至于一直蒙在鼓里了。纪清寒，你看，我们一不小心就错过了这么多。”

“不迟。”他松开手，离开他拥抱的那一刻，我感觉到我的胸口微微润湿，我意识到纪清寒哭了，与此同时，我的心脏最柔软的那一个部分彻底坍塌了。

我好想抱一抱他，让他不要难过了。

我还有好多好多的话想跟他说，关于梦想，关于未来，关于我们的孩子。

只是，再也不会有机会了。

我突然想哭得厉害。

纪清寒用自己的牙齿去咬麻绳，他用力地扯，几乎用尽了所有的方法，到最后，我看见他的唇角都是血珠。

“纪清寒，我好困。”我轻声说。

“不要睡。”他的声音沙哑，他紧紧地抓住我冰冷的手，“沈星芒，你不许睡！”

“嗯，我不睡。”我嘴上答应着，可眼皮子禁不住开始打架。

真的好困。

从来没有感觉到这样的困。

不知是多久之后，纪清寒从地上抱起了我，在剧烈的晃动中，不断有石块掉落下来。

他抱着我，脚步很坚定。

我费力地睁开眼睛。

没有阳光，没有乌云。

路的尽头是一片黑暗。

第十章
/ 灰烬 /

"星芒，我们一起变成灰烬吧。"

"好。"

——正文完——

番外一

/ 许朝 /

电话打来的时候，许朝刚打完最后一瓶吊瓶，电话那边的人声音很低，许朝的眉头微微动了一下，没有说话。

他走出医院的大门，抬头一看，乌云密布，快下雨了。

“许朝，帮我一个忙。”

他分辨得出这是顾荆棘的声音，因此他咳嗽了一声，说：“上次去找江思思诈化无缺的时候我就告诉过你了，这是我为你、也是为你们顾家做的最后一件事。”

许朝停了下来，他靠在医院门口的电线杆上，等待电话那端的下文。

顾荆棘的声音很急，很阴沉：“你忘了在你们许家走投无路的时候，是谁救了你们吗？”

许朝沉默了很长一段时间，随后答：“我没忘。”

“你没忘？”顾荆棘冷哼了一声，“虽然我们顾家现在资金被冻结了，但迟早会东山再起，等到那个时候，许朝，你不要忘了你今天的选择。”

电话没有挂断，顾荆棘知道，许朝会妥协的。

所以在许朝问地址的时候，顾荆棘告诉了他铜矿的具体位置。

许朝将手机塞进口袋里，抬头看了看更加阴沉的天空。

四年前的那天，也是乌云密布，晚上下起了大暴雨，他记得，那天也是这样冷飕飕的感觉。

那天他接到了顾荆棘的电话，这是他为顾荆棘做的第一件错事，就是去拦陆九九。为了帮助顾荆棘去刁难那个他素未谋面的妹妹，许朝第一次刷新了自己人生的底线。

他在巷子口拦陆九九，那天陆九九去酒吧喝酒，喝得酩酊大醉，走路摇摇晃晃，他就这么轻而易举地抓住了她的手。

许朝望了一眼陆九九，那股被动的歹念有一瞬间变成了主动。

陆九九抹着正红色的口红，虽然沾染了酒气，但身上依旧是香的，很像大文豪书中所写的尤物。这个女人长得很性感，身体的每一个部位、脸上的每一个细节都让人抑制不住内心的躁动。

许朝在那一刻甚至认为，他就这样爱上陆九九了。

所以，在陆九九撩头发的瞬间，他把她摁在了墙面上，开始了自己的计划。

不远处有雷鸣声，他趁着陆九九不清醒的时候，脱了她的衣服。

谁知道她却突然从热裤的口袋里掏出来一把水果刀。喝了酒自然顾不上其他，陆九九直直地将刀刺进了许朝的胸口。

他一直都知道，刺向自己的那个人是陆九九，不是沈星芒。

即便如此，在顾荆棘的追问下，他屄了，他始终闭口不谈那天晚上的细节，他更没想到的是，沈星芒竟然帮陆九九担下了所有的罪责。

许朝想，大概这世间的一切冥冥之中自有安排，他做了坏事，必然会承担后果。

可是他大概真的是坏得没救了，他心里想，他去骗花无缺的钱，现在，竟还要帮顾荆棘做事吗？

许朝在抵达铜矿的时候，看见了顾荆棘背着沈星芒进来了。

他在一秒钟之内突然改变了想法。

他还记得那一天沈星芒来找他，他还记得沈星芒明亮的眼睛，即便冰冷，却依旧充满着希望的眼睛。

他拨通了报警电话。

谁也没有想到那天 C 市发生了地震，过度挖掘的铜矿坍塌，情急之下他堵住了铜矿唯一的出口。

沈星芒已经活不了了，他不想再放任顾荆棘继续做错事。

如果这世界上真的有所谓的报应一说，不要牵扯到其他任何人，就让他一个人遭报应吧。

这是他应得的，他明白。

番外二
/ 徐立 /

在知道这个项目只能写上一个人的名字之前，徐立一直认为，花敬厚是亦师亦友的存在。他从刚进这个医院开始，就一直是花敬厚在带着他，包括最后永生集团投资的这个研究项目，都是花敬厚一手带着他来做的。

花敬厚死的那一天，他在花敬厚的尸体面前跪了两个多小时。

在利益和情义面前，他犹豫再三选择了利益，只是他没想到，花敬厚会因此丧了命。

他去找花藻，想让她住在他家，可女孩拒绝了，一脸的决然。女孩跟老花是一个性格，骨子里都是傲气，谁都压不垮。

之前交给花敬厚的病人病例是顾家人伪造的，他竟也没有告诉老花，午夜梦回间，他每每想到花敬厚的脸，总会在夜里惊醒。

徐立知道老花落得这么个下场和十多年前的那场游轮大火有关。

那天他也在场，他亲眼看见顾荆棘的母亲抓住了老花的手说：“不要救我，我本也活不长久，也不想再纠缠在这场商战里，求你了，花主任，让我走得痛快一些。”

所以老花转身推着顾荆棘的母亲进了手术室。

这一切他都知道，可他什么也没有说。

如果当初他把这一切昭告天下，也许花敬厚的女儿就不会成为顾荆棘的眼中钉，后来的一切也都不会发生了。

这些年他以为这一切神不知鬼不觉，只要他不说，就不会再有第二个人知道，可是他没想到，老花的女儿还是知道了。

徐立想起老花的女儿，依旧觉得那女孩的眼神冷得让人害怕。在她的面前，他就像是一个无处遁形的杀人犯。

这是他欠花家的，他虽然逃了一劫，但苍天饶过谁，他终究还是遭到了报应。

长期的失眠让他的身体越来越差，不得不放弃了做得很好的研究项目，最终淡出了医学界专家的视线。

所有人都惋惜地说：“徐医生的项目要是坚持下去，一定不得了啊！”

有人想做这个项目，想用高价买下这个项目之前的所有资料，他全部拒绝了。本来就不是他的东西，他再变卖，那就真的不是人了。

后来徐立生了一场大病，等他回到工作岗位上的时候，C市发生了级数不小的地震，有几十个伤患在担架上，他一眼就看到了脸色苍白的顾荆棘。

听抢救人员说，他们赶到矿场的时候，顾荆棘被压在了矿石的下面，昏迷不醒。至于还有两个在铜矿里的人，估计也凶多吉少。

“老花啊。”徐立当即泪如雨下，“到最后，我还是没能还你一点恩情，你的女儿我也救不了啊。”

那场地震中丧生的人只有两个，一个死于中毒，一个死于重物撞击。

顾荆棘的手术是徐立亲手做的。

他妙手回春，顾荆棘活了下来，但双腿被矿石砸中，高位截肢。

而且……

徐立摘下口罩，看了一眼顾荆棘的脸。

他那张曾经为人称道的脸，恐怕是再也保不住了。

番外三

/ 宋琴 /

顾永生出事之后，宋琴一直在医院里，谁知道顾永生的病没好，顾荆棘又遭受了另外一场劫难。

宋琴一直以为，麻雀变凤凰的故事，古往今来，最成功的只有她一个人。

她毕业之前就嫁了一个穷人，毕业之后做了顾永生的秘书，跟着顾永生她也见识了不少，眼界开阔了，眼光高了，可过的竟还是穷苦日子。

人人都问，你老公在哪儿上班？多少钱一个月？宋琴始终开不了口，她老公是个卖烧饼的，他们俩青梅竹马，姓陆的从小就喜欢她，后来高中没念，靠着卖烧饼的钱供她上学念书、找工作。

最后她攀上了顾永生这个高枝儿，把姓陆的给甩了，转身上了顾永生的床。

陆九九长得随娘，都是红颜祸水的脸蛋。宋琴凭着这张脸坐到了顾家当家夫人的位置，联合着顾永生把他前妻神不知鬼不觉地弄死了。

十多年前的那场游轮大火，烧的就是顾永生的前妻，谁知道，在开船之前就和顾荆棘发生口角的女人一路追着她儿子，根本就没在船上。

那场大火来得快，去得却慢，牵连了一拨不相关的人。宋琴恨得牙痒痒。

还好那女人生来就命贱，宋琴笑，最后顾家夫人的位置还不是她一个人的。

顾荆棘干的那些事她都知道，哪怕自己的女儿被催眠她也明了。眼看着顾永生距离死不远了，顾荆棘做的那些错事也都被她转述给了顾永生，这顾家的大好江山眼看着就是她和陆九九的了，却没料到自己的女儿就这么死了。

她恨啊！她怎么能不恨啊？！

要不是顾荆棘，她的好女儿怎么能红颜薄命！

给陆九九办丧事的那一天，她有无数次想把顾荆棘杀了，可杀了顾荆棘又能怎么样？宋琴望着女儿的尸体，痛哭出声来，她的女儿死了啊……

就算是全天下的人都来陪葬又能怎么样呢？她女儿还是死了，再也回不来了啊！

顾家很快就倒了，她当了四年的凤凰，转眼间，过的日子连当初的麻雀都不如。

她突然开始想念起那个姓陆的了。

她记得，那个姓陆的做的烧饼真好吃，梅干菜馅儿的、咸菜馅儿的、肉馅儿的，都好吃。

她记得，那个姓陆的每天都会擦脏兮兮的鼻头，用满是口音的普通话说：“媳妇儿，再过几年，咱就有钱买房子了。”

她记得，那个姓陆的在孩子出生的时候喜极而泣，整整一夜都没有合眼。

宋琴用手捂住了脸，不让自己哭出声来。

这是她选择的路，既然已经走到了这里，她没有资格去怪任何人。

顾荆棘醒来的那天，又是一年入冬。她坐在病床边，冷冷地看着顾荆棘早已不成样子的脸。

顾荆棘的眼神也很冷，看不出一点情绪。

她站起身来，拉开了病房的窗帘，转过身来对他说：“你醒了。”

顾荆棘没有说话，长时间没有说话，他只能从喉头微微发出一声呜咽。

宋琴看了一眼空荡荡的被褥，她笑了起来：“知道吗？我的好儿子，你的腿没了。”

然后，她满意地看着顾荆棘毫无情绪的眼睛逐渐由最初的冰冷变成嫉恨与恐慌，他挣扎着想要起身，却使不出任何力气。

“还有，”宋琴脸上的笑意更加浓了，“顾家已经毁了，你知道永生欠了多少钱吗？你知道永生欠了多少人命吗？”

有泪水顺着他睁大的眼睛流了下来。

他的喉头发出声声低吼，像是一只绝望不已的小兽。

宋琴按住顾荆棘颤抖的肩膀。

“用你的下半生，为你上半生做的一切以及那几十条人命，付出代价吧！”

顾荆棘痛苦地闭上了眼。

番外四

/ 姜桉 /

永生集团的案子开庭，姜桉站在了原告的位置上。

何曼和花无缺坐在不远处的座位上，看着顾荆棘一个人坐在被告的位置上，他坐着轮椅，脸色煞白。

被告方没有律师，顾荆棘为自己辩护。

他的裤管空空，脸被纱布蒙着。

对于姜桉指认的那些罪行，他供认不讳。

最终法官敲槌，宣判无期徒刑。

出了法院的大门，姜桉在门口看见了女朋友阿南。阿南朝他挥了挥手，他舒了口气，又换上了笑容。

“我们去吃饭吧？”阿南笑眯眯地问。

姜桉也笑：“嗯，好呀。一起去吧？”他转而看向何曼和花无缺。

“好。”

之前沈星芒生病的时候，纪清寒曾托他去陪伴，阿南为此跟他闹得不愉快，吃饭的时候，阿南不知怎的想到了这件事。

她问："你之前说要介绍那个朋友给我认识的，怎么都不介绍给我认识啊？"

话音刚落，一桌的人瞬间就安静了下来。

花无缺吃了一口馄饨，没再说话。

何曼放下筷子，拿起桌上的餐巾纸擦了擦嘴。

姜桉摇了摇头，笑道："没事，下次有机会介绍给你认识。"

阿南却耍起了脾气："干吗啦，怎么总是遮遮掩掩的，为什么不让我知道？姜桉，你该不会是心里有鬼吧？"

姜桉的笑容僵在了脸上。

他转过脸来，看向阿南："你真的想去看她吗？"

"嗯啊。"阿南的头直点。

姜桉一口气把碗里的面汤全部都喝光，最后他放下筷子，擦了擦嘴说："走吧，吃完我就带你去。"

花无缺看了眼何曼的脸色，问："吃完饭我送你回去吧？"

"不用。"何曼摆了摆手，"我也真的挺想看看他们俩的。"

四个人赶到墓地的时候，是下午两点钟。阿南下了出租车，不可置信地瞪大眼睛。

姜桉拉着她的手，轻声道："走吧，带你去见我最好的朋友。"

他告诉阿南："我和纪清寒从小就玩在一起，我们两个人的妈妈在一家公司里上班，我们从穿开裆裤开始就是好朋友了，阿寒的事没有一件是我不知道的。虽然他的名字叫清寒，其实他是个十足的热心肠，他对待朋友很仗义，对待爱人也很专一。"

“他的爱人……是她吗？”阿南的声音弱弱的。

何曼看着面前的墓碑，上面没有写名字，她的眼圈却红了。

纪清寒以前说，如果有一天他走了，他不想要墓碑。他只想做一颗星星，洒下满地星辉，照亮他爱的女孩的路。

所以这一块墓碑，没有刻名字。

姜桉伸手擦去了墓碑上的灰尘。

他还记得纪清寒和沈星芒走的那一天，C 市发生了强烈的地震。那天纪清寒刚出差结束从国外回来，他还知道，那天沈星芒身体不舒服去医院体检，结果何曼问了才知道，沈星芒怀孕了。

他一直都觉得纪清寒和沈星芒的孩子一定能遗传两个人的好基因，肯定长得好看，头脑也聪明。

他以前和纪清寒一起玩的时候总是开玩笑地说：“喂，阿寒啊，以后你的孩子得认我做干爹，认何曼做干妈吧？”

纪清寒就笑：“你还想和何曼凑一对？”

“去你的，说正经的。”姜桉挠头，“我是真想看看你喜欢的女孩长什么样。”那时候纪清寒还在国外读书，是在他高二的时候，姜桉给纪清寒打国际长途。

姜桉一直都知道纪清寒心里有一个喜欢的人，一直十分好奇，后来见到了沈星芒，倒是有点失望。他以为纪清寒这样完美的人大概会喜欢一个很有特点的女孩，结果这个女孩很平凡，虽然面容姣好，但声音细细的，完全没有什么特点。

事实证明，姜桉猜错了。

他很惊讶地发现，这个女孩是他见过的最特别的，她可以用很冷的目光审视任何人，却没法用冰冷的心肠去揣度任何人。这个女孩心里有一股狠劲儿，但又是个善良的人。

纪清寒外表是座冰山，花藻不是，她说话永远细声细气的，唯独在说“纪清寒，我喜欢你”的时候，掷地有声，异常响亮。

后来纪清寒变了，他变得有血有肉，可沈星芒却变成了冰山。

姜桉总想，相爱的人为什么要互相伤害呢？如果他遇见了心爱的人，一定不要这样。

姜桉是个有什么就说什么的人，不会绕弯子，平时脸上喜欢挂着笑，发狠的时候连眼睛都不眨一下，在遇见阿南之前，他一直都是这样的。

直到有一天遇见阿南，他发现自己不会发狠，只会笑了。

一边的何曼忽地哭了起来。

她转过头来问姜桉：“你说，为什么上天从不肯给他们两个人一丝一毫的优待？”

这个问题把姜桉难到了。

是啊，为什么上天从不肯给他们更好的生活呢？他真的不明白。

他突然想起了顾荆棘被带走之前说的最后一句话——“时隔多年我才明白，对于幸存的人而言，活着才是一种更为残忍的惩戒。”

所以啊，阿寒、星芒，上帝不愿给你们惩戒。

“管他呢。”姜桉脸上的笑容更浓了。

他看了眼万里无云的碧空，转而看向了眼泪汪汪的何曼。

“迟早，我们都会再相见的。”

番外五

/ 清芒 /

“嗯，迟早我们都会相见，不如就现在吧。”

姜桉的背脊在一瞬间彻底冰凉，他木讷地转过身，还没说话，眼泪就先掉了下来。他一向都喜欢笑，准确来说，他可以容忍任何表情，唯独容忍不了大男人掉眼泪。

可在那一刻，他忍不住了。

他几乎是冲到纪清寒面前的，直到他抓住纪清寒双手，姜桉才发现自己的手都冷得让人发怵。

何曼睁大眼睛，捂住嘴不敢让自己叫出声来。

“姐……”花无缺瞬间就哑了嗓子。

一行六个人换了个地方，一路上何曼还是哭个不停。

“我们一直都以为你们死了……”

纪清寒笑了起来：“是啊，差点死了。许朝报警及时，矿洞大坍塌的时候我们被救出去了，星芒被送去医院抢救，还好及时。”

姜桉的目光落在沈星芒平平的小腹上。

他转移了视线，说：“我们快一年没见了吧？”

“嗯。”沈星芒点点头。

姜桉骂了一声：“我还以为你们都死了。”

“本来想星芒身体好了之后就来找你们的，后来发现宋琴还在四处打听我们两个人的下落，我生怕宋琴伙同永生之前的元老报复，只好制造出大家都以为我们死了的假象。这将近一年的时间里，公司都多亏有你们几个人帮衬。”

姜桉一拳打在纪清寒的胸口，笑了出来：“感谢的话就不必说了，以后不许再这样了，妈的。纪清寒，我生气！”

沈星芒揉了揉纪清寒胸口的位置，出来打圆场：“阿姜，清寒说了，今年的伙食我们都包了。”

阿南凑过来：“也有我的份吗？”

沈星芒笑眯眯地答：“当然有。”

姜桉明白，之前沈星芒被顾荆棘灌了药，能捡回一条命就已经是万幸。

“你放心吧，你还是能做干爹的。”纪清寒拍了拍姜桉的肩膀，拉着沈星芒的手，“她又怀了。”

“……”

姜桉沉默了许久，啧啧两声：“你真是我见过的最厉害的男人！”

“过奖。”

“你们俩啥时候办婚礼啊？”

沈星芒从包里掏出了几张请柬分发：“来吧，伴郎团和伴娘团。”

姜桉拿着请柬在纪清寒的眼前晃个不停："喂喂喂，我要红包，很多很多的红包！好不好，纪总裁！"

纪清寒嫌恶地皱眉："……滚。"

"好不好嘛，啊寒寒。"

"我靠，你别这么恶心往我身上黏……姜桉！"

姜桉欲哭无泪，嗷嗷大叫："纪清寒你居然打我！疼啊！疼疼疼……"

入秋了。

沈星芒抬头看了一眼碧蓝如洗的天空。

她笑了起来。

真好。

阳光明媚，万里无云。

后　记

/ 愿你有梦，愿有长风 /

写下“正文完”三个字的时候，我终于敢长舒一口气。

结束了长达一年多推翻和重写的长征之后，我终于给这本书写上了一个句号。

其实这本书最初的定位是双男主，顾荆棘和纪清寒。可是后来突然有一句话触动了我，一生只够爱一个人。所以我想，沈星芒这一生只爱纪清寒，纪清寒这一生也只会爱沈星芒。

我已经过了对爱情充满幻想的年龄，但我依然会因为别的故事心里冒出些小粉红。

说一个我身边朋友的例子。

一个朋友当初为了爱情放弃了一切，家人、工作，她可以什么都不要，只因为对方是她想要共度一生的那个人，哪怕他一穷二白，一无所有。现如今她工作稳定，也有了一双儿女。

再说另外一个例子。

一个条件优越的朋友经历了很多次相亲，最终选择了相伴一生的人。现在朋友结了婚，丈夫对她很好，她也满足于现在的生活。

很难说两个朋友究竟谁的人生更好，谁的爱情更能细水长流，毕竟一生那么长，谁又能知道未来的事呢？只是至少现在，她们内心安定，生活美满。

我曾向往一份爱情，我希望我爱的人是个盖世英雄，他会骑着白马，披荆斩棘来到我身边。即便到现在，我依旧是如此想的。

不论世界如何斗转星移，我始终坚信世间仍存诚挚纯洁的爱情。

其实写下这本书，更多的是想说两个字——因果。

我一直很喜欢一句话：不信抬头看，苍天饶过谁。

世间总有善恶，并非所有人都善良，也并非所有人都是恶人。

每个人的生活中，都会遇见“恶人”，然而这个恶的定义并非穷凶极恶之人或是鸡鸣狗盗之人。当站在自己的立场上来看，任何和自己所持观念不同或是立场相对的人都可能是我们眼中的“恶人”。

所以我想说的是，即便如此，他们也并非大恶之人。也许站在他们的角度上来看，我们才是犯了错的人——就像故事里的九九和顾荆棘，他们虽恶，也并非全恶。

我始终相信，这世间依旧是善多，我也仍坚信，人之初，性本善。

不要让无关紧要的人或事改变我们的善恶是非观，也永远不要对不顺心之人心怀憎恨，因为我们所持的观念不同，或是我们的行事风格与别人不一样，抑或是我们无心的一句玩笑话都可能成为别人耿耿于怀的心锁。

心怀感激，做一个心存善意之人。

希望认真读完这一些字句的你能善待世间万物，亦被万物温柔相待。

愿你有梦，愿有长风。

颜亦欢